인생의 오후에도 축제는 벌어진다

인생의
오후에도

축제는
벌어진다

와카타케 치사코 지음

권남희 옮김

부·키

꿈은 언제 이루는 것일까요.

예순셋에 평생 꿈인 소설가가 된 사람. 쉰다섯, 남편의 갑작스런 죽음이 계기가 되었다죠. 그래서 이런 글을 썼는지도 모릅니다. "슬펐다. 절망뿐이었다. 그런데 나는 내 안에서 기쁨도 발견했다. 슬픔은 단지 슬픔으로만 끝나지 않았다."

그리고 또 이런 글도요. "내 몸과 지내는 방법을 고쳐야만 하는 때에 접어들었다. 팔다리, 몸속 모든 장기와 함께 노화를 대비해야 한다. 서로 사이좋게 배려하면서, 의논하며 지내야 한다."

여전히 마음 한구석 이루지 못한 꿈을 품고 있는 당신, 나이 들어 가는 몸과 아직 화해하지 못한 당신, 삶의 속도가 버겁다고 느끼는 당신에게 권합니다. 자신만의 속도로 살아가는 인생의 큰언니가 들려주는 솔직하고 편안하며 슬픔보다 힘이 센 웃음이 있는 이야기를.

| 이금희 · 방송인

인생의 오후에도 축제는 벌어진다

2026년 4월 7일 초판 1쇄 발행

지은이 와카타케 치사코
옮긴이 권남희
발행인 박윤우
편집 김유진 박영서 박혜민 백은영 성한경 유소영 장미숙
마케팅 박서연 정미진 정시원 조아현 함석영
디자인 박아형 이세연
경영지원 이지영 주진호
발행처 부키(주)
출판신고 2012년 9월 27일
주소 서울시 마포구 양화로 125 경남관광빌딩 7층
전화 02-325-0846
팩스 02-325-0841
이메일 webmaster@bookie.co.kr

ISBN 979-11-7578-007-1 03830

만든 사람들
편집 박혜민 · 디자인 박아형

차례

2부

•

상
실
이
후
에
도
삶
은
흐
른
다

일러두기

* 맞춤법과 띄어쓰기는 한글 맞춤법과 표준어 규정을 따르는 것을 원칙으로 하였습니다. 다만, 글의 성격과 말맛을 위해 평어체와 경어체, 사투리를 살려 번역했습니다.
* 모든 주석은 옮긴이의 말이며, 본문 하단에 각주로 표기했습니다.
* 조문·부고·추모문에서는 마침표를 찍지 않아, 추도문의 성격을 가진 〈끝이 있다는 위로〉에서도 생략했습니다.
* 노래, 영화, 연극, 방송 프로그램의 제목은 「 」으로 묶었고, 단행본과 장편 제목은 《 》으로, 문예지와 단편 제목은 〈 〉으로 묶어 표기했습니다.

오랜 꿈이 이루어져 소설가로 데뷔한 지 벌써 7년이 되었습니다. 그동안 써 온 에세이들을 한 권의 책으로 묶자는 제안을 받았을 때, 정말 생각지도 못한 일이어서 무척 기뻤습니다.

소설 사부이신 네모토 마사오 선생님은 "에세이도 소설의 한 형태야"라고 자주 말씀하셨습니다. 또 "소설을 쓴다는 건 긴자 거리를 알몸으로 걷는 것과 다를 바 없지"라고도 하셨죠. 정말 그 말이 맞는 것 같습니다. 아무에게도 도움이 되지 않을 할머니의 나체. 그럼에도 마음 깊은 곳에서 발견한 것은 부끄러움조차 드러내고 싶어 하는 성분. 그게 얼마나 즐거운지. 그래서 여기까지 올 수 있었던 것 같습니다.

이 책에는 때때로 써 두었던 여러 편의 에세이 외에도 제가 한 인터뷰, 부끄럽지만 강연에서 제가 했던 말을 편집자가 메모로 정리해 준 짤막한 글들도 실려 있습니다.

이 자리를 빌려, 문예상을 수상한 뒤로 줄곧 따뜻하게 지도해 주신 가와데쇼보신사 출판사 여러분께, 그리고 특히 편집자 와타나베 마미코 씨와 다케하나 스스무 씨께 깊이 감사드립니다. 젊은 편집자들이지만, 언제나 큰 격려와 많은 깨달음을 주셨습니다. 새삼 감사의 마음을 전합니다.

2024년의 한가운데에서

브라보, 와카타케 치사코

와카타케 치사코, 1954년생. 어릴 때부터 소설가가 되고 싶었다. 그러나 삶은 언제나 꿈의 반대편에 있었다. 대학을 졸업하고 잠시 교사로 일하다가 결혼을 하고, 평범한 주부로 살았다. 두 아이도 낳고, 부부 금슬도 좋아 행복한 나날을 보냈다. 그런데 55세에, 사랑하는 남편이 심근경색으로 갑작스레 세상을 떠났다. 모든 걸 내려놓고 싶었다. 하지만 그 절망의 끝에서, 그는 오래 묻어 두었던 작가의 꿈을 꺼냈다. 소설 강좌에 등록했고, 8년 뒤《나는 나대로 혼자서 간다》로 문예상을 수상했다. 역대 최연장 수상자였다. 그 다음 해에는 아쿠타가와상까지 수상했다.

그런 배경을 알고 나면, 《인생의 오후에도 축제는 벌어진다》는 조금 다른 빛으로 다가온다. 이 책은 다시 삶을 일으켜 세운 한 사람의 사유록이다. 수상 이후 써 내려간 에세이에는 어디서도 듣기 힘든 아쿠타가와상 수상 작가의 설렘과, 의외로 조용한 일상이 담겨 있다. 그리고 이제 작가가 된 그녀가 여러 곳에서 발표한 글과 스피치도 함께 실려 있다. 그 덕분에 '—다'체와 '—습니다'체가 섞여 있다. 종결어미를 통일할까 고민했지만, 작가의 목소리를 그대로 전하는 것이 역자의 도리라 여겨 그대로 두었다.

*

와카타케 치사코 님의 글에서는 '늙는다'는 말이 불안이나 슬픔이 아니라 자유나 해방으로 읽힌다. 오랜 시간 가족을 위해 살아온 사람이 마침내 자신을 위해 살아 보는 시간, 잃어버린 것보다 남은 것들을 세어 보며, 그것들이 아직도 이렇게 빛난다는 걸 발견하는 시간으로.

혼자인 덕분에 부엌에서 국을 끓이고, 된장을 풀고, 밥을 짓는 시간이 줄어들었다. 줄어든 시간만큼 글을 쓴다. 네 명의 손주가 더 나은 세상에서 살아갈 수 있도록, 이 사회의 부조리와 맞설 준비를 한다. 그리고 '나는 오늘도 나답게 산다'고 선언한다. 앞으로는 자신만을 위해 살 것을 다짐하며, 자신의 팔다리를 사랑스럽게 쓰다듬는다.

삶이란, 어쩌면 다시 시작하기 위해 모든 것을 잃는 일이기도 하다. 와카타케 치사코의 문장은 그 사실을 부드럽게, 그러나 큰언니처럼 단호하게 일러 준다.

*

63세에 '노인이자 신인'이었던 와카타케 치사코 님. 신인의 마음가짐으로 노년의 삶을 참신하게 살아가고 있다. 언제 끝날지 모르는 삶이지만, 죽음 따위 두려워하지 않으며. 그에겐 아직 써야 할 이야기가 있고, 그 이야기를 기다리는 독자들이 있다.

개인적인 이야기지만, 나도 올해 환갑이다. 그래서 한 구절 한 구절이 더 절실히 와닿았다. 먼저 그 길을 걸어간 언니의 조언에 불안해하지 않고, 앞으로 나아갈 힘을 얻었다. 브라보, 와카타케 치사코 님.

| 권남희

1부

이제야
나답게 산다

딸이 시집간 뒤로 혼자 산 지도 어느덧 4년이 지났다.

혼자 사는 건 음, 단조로운 일상이다. 지겹지 않느냐고 묻는다면 가끔은 그렇다. 24시간을 온전히 내 마음대로 보낼 수 있는 자유로움이 기쁠 때가 있는가 하면, 문득 외롭다고 느낄 때도 있다. 그날의 기분에 따라 어느 쪽으로든 기울어진다.

요즘엔 유난히 친절한 온수기며 전기밥솥이 "완료되었습니다" "밥이 다 되었습니다" 하는 목소리로 나를 맞아 준다. 그때마다 나도 모르게 "오케이" "알았다니까" "좀만 기다려" 하고 대답한다. 그러고 나면 '어, 목소리에 힘이 있네, 나도 아직 괜찮네' 싶어서, 그럼 오늘은 걸레질이라도 해 볼까, 냉

장고 정리를 할까 생각한다. 하지만 대부분은 의자에 앉아 있다. 앉아서 뭘 하는가 하면, 아무것도 하지 않는다. 그저 멍하니 있을 뿐이다.

어릴 때 다섯 살 위 언니가 내게 이렇게 말했다. "넌 세탁기 돌아가는 걸 보면서 반나절은 멍하니 있을 수 있는 아이야." 그 말을 지금까지 기억하는 건 정곡을 찔렸기 때문일까, 아니면 참 절묘한 말이어서일까. 나는 정말이지 한없이 멍하니 있는 걸 좋아했다. 결과적으로도 움직이지 않는 어른으로 자랐다. 게으르달까, 생산성과는 거리가 먼, 실생활에 별 도움 안 되는 인간 말이다.

언젠가 물가에 몸집이 크고 거의 움직이지 않는 새가 있어 화제가 된 적이 있다. 그 새가 이상하리만큼 친근하게 느껴졌는데, 내가 나를 '인간계의 넓적부리황새'라고 생각하고 살아와서인 것 같다. 넓적부리황새에게 실례이려나.

인생의 대부분을 멍하니 보냈지만, 이것도 타고난 성격이다. 탓한다고 달라질 것도 없다. 아니, 나는 애초에 잘 달리지 못하는 사람이다. 내게는 내 나름의 속도가 있다. 그래서 이대로 괜찮다고 생각하며 뻔뻔하게 버티고 있다.

나는 이미 제멋대로, 하고 싶은 대로 하며 산다. 세상은 규칙적인 식사와 운동을 권하지만 내 생활은 그와 정반대다. 자고 싶을 때 자고, 일어나고 싶을 때 일어나며, 먹고 싶은 것을 먹고 싶은 만큼만 먹는다. 부끄럽지만 그게 내 생활 방식이다. 제멋대로 사는 할망구.

앞으로 남은 내 미래가 손가락으로 셀 만큼일지, 아니면 발가락까지 세어야 할지, 괜히 셈을 해 보곤 한다. 어느 쪽이든 남은 인생을 기분 좋게 보내고 싶다.

내 인생, 결과적으로 마음껏 멍하니 살아왔다. 멍하니 살다 보면 가끔은 '펑' 하고 터지는 순간도 있다. 극히 드물지만 그런 때가 분명히 있었다. 그 순간을 기다리며 조금 더 분발해 보자고 인간 넓적부리황새는 생각한다.

혼자 사는 것도 나쁘지 않습니다.
하지만 욕심을 내자면
함께 쓸 수 있는 공간이 있었으면 합니다.
그곳에서 웃으며 식사하고,
방으로 돌아올 땐 혼자.
사실은 그런 생활이 이상적이라고 생각합니다.

흙을 파다

우리 집 뒤에는 1평 남짓한 공터가 있다. 이곳에서 산 지도 벌써 30년이 다 되어 간다. 처음엔 큰마음 먹고 방울토마토, 오이, 가지, 호박, 그리고 수박까지 심은 적도 있다. 하지만 최근 10년 동안은 가끔 생각날 때 풀이나 뽑고 그대로 내버려두었다. '무라도 심어볼까, 푸성귀도 괜찮겠네' 하는 생각이 들었지만 타고난 게으름 탓에 그마저도 실행하지 못했다. 손을 대지 않은 채 눈 깜짝할 사이에 시간이 흘렀고, 그 사이 공터는 잡초 천국이 되어 버렸다.

올해 봄, 문득 마음이 동해 이 잡초들을 걷어 내기로 했다. 남들처럼 채소를 심지는 못하더라도, 적어도 이 땅만큼은 폭신한 흙으로 바꾸자. 그리고 그 위를 맨발로 밟아 보자. 발가락에 전해지는 흙의 감촉과 따스함, '음, 얼마나 기분 좋을까' 생각하며 먼저 잡초의 윗부분을 깎아 냈다. 잠시 숨을 고르고, 마음이 변하기 전에 삼각괭이라는 기구를 구했다. 이건 옆집의 척척박사 아주머니가 알려 준 것인데, 긴 손잡이가 달린 삽처럼 생겨서 가볍고 쓰기 편했다. 그걸 들고 우선 눈앞에 30센티미터 구간부터 시작하기로 했다. 여기를 끝내면 그다음 30센티미터로 넘어가면 된다.

그런데 이게 보통 일이 아니었다. 잡초라는 놈들은 그야말로 사방으로 뻗은 뿌리의 제국이었다. 흙을 파서 그 튼튼한 뿌리가 만천하에 드러나면 최대한 길게 뽑아 제거하는 일은 생각보다 훨씬 고되었다. 같은 동작을 끝없이 되풀이하는, 그야말로 체력적으로 버텨야 하는 작업이었다.

그런데 완전히 빠져 버렸다. 뭐랄까, 팔다리와 목, 허리까지 일제히 기뻐하는 느낌이었다. 인간은 이렇게 살아야 한다고 말하는 것 같았다. 반나절을 앉은 채 그냥 보내곤 하던 내 일상에 모세혈관 구석구석까지 피가 콸콸 흐르는 듯했고, '역시 사람은 움직여야 비로소 사람다워지는구나' 하는 생각이 절로 들었다.

다음 날은 더욱 의욕이 넘쳤다. 얼음물을 담은 물통에 모기향, 출출할 때 먹을 단팥빵, 지치면 쉴 의자까지 챙겨 완벽히 준비했다. 파낸 뿌리는 큰 순서대로 늘어놓기로 하고, 정신없이 잡초 뿌리와 한판 씨름을 벌였다. 역시 쉽지 않았다. 몇 번이나 의자에 털썩 앉아 눈을 감는 순간들이 이어졌다.

탁.

그러다 갑자기 무언가에 세게 맞은 듯 눈앞이 하얘지고, 온몸의 힘이 빠져나가면서 형언할 수 없는 황홀감이 밀려왔다. 아주 짧은, 불과 몇 초 남짓한 순간이었지만 나중에 곰곰이 생각해 보니 그게 어쩌면 '무아지경'이란 것이었는지도 모르겠다. 한 번 더 그 느낌을 맛보고 싶어, 힘껏 괭이질을 한 뒤 의자에 앉아 눈을 감는 동작을 몇 번이나 되풀이했지만 두 번 다시 그런 감정은 맛보지 못했다. 그래도 여전히 포기하지 않고 있다.

올여름에는 징그러울 만큼의 폭염이 이어졌다. 나조차 열사병이 두려워 밖에 나가지 못했다. 그동안 반쯤 폭신해졌던 땅은 다시 초록의 풀로 뒤덮였다. 그런데 이상하게도 잡초는 나지 않았다. 가을이 되어 선선해지면 또다시 도전해야지. 죽기 살기로 몸을 움직인 끝에 찾아오는 더없는 기쁨의 순간을 벌써부터 기대하고 있다.

롤러코스터 인생

연말에 심한 요통이 찾아왔다. 누굴 업은 것도 아닌데 그 무게에 울면서 세 걸음을 걷지 못했다. 하지만 눈물이 그렁한 눈을 하고도 내 마음만은 밝았다. 대체 무슨 일인가 싶을 만큼 그해의 내게는 뜻밖의 행운과 우연한 복이 한 덩어리가 되어 몰려들었다.

5월, 서른다섯을 훌쩍 넘긴 아들이 드디어 결혼했다. 6월, 오랫동안 염원하던 첫 유럽 여행, 마음이 잘 맞는 친구들과 함께한 프라하와 부다페스트 여행은 더없이 즐거웠다. 야홋, 하고 있는데 이번에는 보름도 지나지 않아 내가 쓴 소설이 문예상 최종 후보에 올랐다. 와, 무려 60년 동안 아무런 빛도 보지 못하던 내가! 하며 놀라는 사이 문예상 수상. 게다가 오는 봄에는 첫 손주가 태어난다는 소식이 날아들더니, 글쎄 아쿠타가와상 후보에 뽑혔단다, 내가.

앗, 앗, 이게 무슨 일이람, 신이시여. 절에 공양도 넉넉히 하지 못하고, 날 선 말도 서슴없이 내뱉던 내가 지금 와서 이런 엄청난 복을 받다니요. 마치 롤러코스터의 상승기류에 몸을 실은 듯한 한 해였다. 그러나 잠깐만, 그렇다면 하강곡선도 있겠지. 어쩌지, 이 눈부신 상승노선에 걸맞은 하강노선. 악, 무서워. 인생이 좋은 일만으로 이어지지 않는다는 건 뼛속까지 아는 바. 그래서 스스로 달래며 말했다. '그래, 요통, 우후후. 이 정도면 나쁘지 않지. 이쯤이야 가스 빼기지.' 그렇게 애써 너스레를 떨며 여유를 부렸다.

하지만 방심했다. 날이 갈수록 허리의 통증은 더 심해져서 연말 대청소도, 내내 미루던 창호지 바르기도, 창문 닦기도, 도저히 할 지경이 아니었다. 남편이 좋아하는 찜은 간신히 만들었지만, 그 뒤로는 누워만 있었다. 몸을 뒤척이는 것조차 뜻대로 되지 않고, 병원에 가려고 해도 연말연시. 그저 천장만 노려보고 있을 뿐인 연말연시. 아쿠타가와상 후보가 된 연말연시.

그러다 보니 마음이 불안해졌다. 계속 이대로인 건 아닐까. 이대로 움직일 수 없게 되면 어떡하지. 겉모습은 볼품없을지 몰라도 그동안 기능에는 아무 문제가 없었고, 통증 같은 건 평생 거의 모르고 살아왔다. 나, 건강만큼은 자신 있었다.

내 고향에서는 아이들에게 "밥 마이 묵고 마이 커야 한데이" 하고 말했다. 그 말을 순순히 들은 나는 진짜 마이 먹으며 자랐다. 그래서 결과가 이 모양. 게다가 남편이 세상을 떠난 뒤로는 나를 봐 줄 사람이 없다는 이유로 외모는 거의 포기하고 살았다. 먹고 싶은 대로 먹는 습관이 굳어졌고, 위는 그런 내 욕심을 너그럽게 받아 주었다. 하지만 뒤에서는 허리와 관절들이 울고 있었겠지.

그리고 나는 알고 있다. 진짜 문제는 슬금슬금 다가오는 노화라는 것을. 멋들어지게 '노년 소설'을 쓰겠다고 떠벌리며 《나는 나대로 혼자서 간다》 같은 글을 썼지만, 그때만 해도 노년을 살아간다는 것은 어디까지나 형이상학적인 문제에 지나지 않았다.

아무리 그래도 미안하네, 모모코 씨. 그렇게 다리를 아끼라

고 했는데 장거리를 걷게 하다니.《나는 나대로 혼자서 간다》
주인공인 모모코 씨에게 머리 숙여 사과하고 싶은 마음이다.
모모코 씨만 아프게 할 수 없다는 생각에, 나도 이를 악물고
함께 걷기로 했다. 그런데 의외로 그것이 효과가 있었던 모양
이다. 진부한 표현이지만, 딱지가 떨어지듯 조금씩 나아져서
지금은 회복률이 70퍼센트쯤 된다. 가만히 웅크리고 있는 것
보다 아프더라도 움직이는 편이 몸에 좋은 것 같다.

이제야 폭음, 폭식이 옳지 않았음을 뼈저리게 느낀다. 나는
지금 내 몸과 지내는 방법을 고쳐야만 하는 때에 접어들었다.
내 팔다리와 입, 허리, 그리고 몸속 모든 장기와 함께 노화를
대비해야 한다. 서로 사이좋게 배려하면서, 이렇게 하자, 저
렇게 하자 의논하며 지내야 한다. 그래서 5년, 10년, 15년, 아
니, 잘만 하면 20년까지도 거뜬히 움직일 수 있도록 해야 한
다. 요즘 최대 고민이었던 요통에 한 줄기 빛, 해결의 실마리
를 발견한 듯한 마음이 들었다.

그래도 뭐랄까, 마음이 완전히 개운해지진 않았다. 나라는
여자의 마음은 도대체 어떻게 된 것일까. 이런저런 생각을 거
듭하다 비로소 알게 되었다. 문제는 이것이었다. 이거라니까,

이거, 에세이.

　나는 지금까지 달팽이처럼, 아니, 달팽이에게 미안할 만큼 느리고 태평스럽게 소설을 써 왔다. 60여 년 동안 단 한 편뿐. 그런데 이렇게 의뢰를 받고 마감일까지 정해진 매수의 글을 보내야 하니 '우후, 나도 프로가 됐구나, 그것도 문예지에서 의뢰가 오다니' 하고 기쁜 한편, 의외로 압박이 크다.

　이를테면 나는 지금까지 모아 둔 돈은 많지 않아도 빚 없이 살아온, 나름 건전한 재정 운영을 자랑해 왔다. 그런데 원고 마감이라는 빚이 어깨를 짓눌러 옴짝달싹할 수 없어졌다. 계속 쫓기는 듯한 이 기분. 내 요통의 원인과 빌미도 사실은 여기에 있는 게 아닐까, 노려보고 있다.

　나의 앞날은, 말하자면 이제 막 계약에서 풀려난 나이 든 기생이 다시 빚을 지고, 겨우 다 갚았다고 안도하는 순간 또 새로운 빚이 생겨나는 그 무한 반복의 삶. 그것이 어쩌면 내가 두려워하는 하강 기류의 실체일지도 모른다고 생각하니 나도 모르게 몸이 떨린다. 각오는 되어 있나. 괜찮은가, 나여. 잠시 침묵 끝에 그래도 좋다, 해 보고 싶다, 하는 소리가 내 안에서 울린다. 과연 어디까지 갈까. 사실 글을 쓰는 것만큼 즐

거운 일도 없었다. 작가, 줄곧 동경하지 않았던가. 그 기회가
뜻밖에도 이 나이에 찾아왔다. 기회, 기회, 기회, 기회, 이 기
회를 놓치는 건 바보야. 할 수 있는 데까지 해 보자. 죽음에 이
르러서야 멈추리, 그렇게 마음을 굳혔다.

　결심하고 나니 허기가 밀려왔다. 왠지 입이 심심하네. 찬장
에 있는 찹쌀떡이라도 먹자.

슬픔 속의 결실

사람에게는 그때를 빼고는 자신을 설명할 수 없는 결정적인 '순간'이 있다. 내게는 남편의 죽음이 그러했다. 슬펐다. 절망뿐이었다. 그런데 나는 내 안에서 기쁨도 발견했다. 슬픔은 단지 슬픔으로만 끝나지 않았다. 그 속에는 결실도 있다는 걸 깨달았다. 이 이야기를 쓰지 않고는 죽을 수 없다고 생각했다. 어린 시절부터 절대 버릴 수 없었던 소설가의 꿈, 비로소 무르익었다. 이제는 그저 써내기만 하면 되었다.

내가 향하는 길 끝에는 늙음이 기다리고 있다. 그래서 나는 홀로 살아가며 고독과 아픔과 기쁨을 함께 느끼는 노년의 여인을 그렸다. 작품을 완성했을 때, 눈물 너머로 "치사코, 해냈구나" 하고 웃는 남편의 얼굴이 어렴풋이 보였다.

주저앉지 마라, 나여.

어쩔 수 없는 일이잖아.

마음을 다잡아.

누구에게도 털어놓을 수 없는 마음을

노트에 적으면서

위로받은 적이 있습니다.

남편을 떠나보내고

슬픔 속에 잠겨 지냈습니다.

하지만 이제는

이 시간에 저녁을 차리지 않아도 되고,

언제든 책을 읽을 수 있고,

스물네 시간 오롯이 나를 위해 써도 된다는

해방감도 있었습니다.

가족의 '부반장' 역할을 마치고,

누구를 위해서가 아니라 나 자신을 위해

내 인생을 다시 살아야겠다고 생각하는 것,

그리 나쁘지 않겠지요.

취미를 물을 때 영화 감상이라고 하고 싶지만 사실 나는 영화를 거의 보지 않는다. 그럼에도 마음에 깊이 스며들어 쉽게 잊히지 않는 작품들이 몇 편 있다. 3, 4년 전쯤 보았던 구로사와 아키라 감독의 「밑바닥」(1957년 작)도 그중 하나였다.

그 무렵의 나는 방황 중이었다. 구상해 둔 소설에 결정적인 무언가가 부족했지만, 나는 좀처럼 그것을 짚어 내지 못하고 있었다. 바로 그때 이 영화에 사로잡혔다.

절의 수행승이 쓰레받기에 담긴 쓰레기를 내다 버린다. 절벽 아래에는 말 그대로 쓰레기 더미처럼 허름한 집들이 다닥다닥 붙어 있었고, 그곳이 앞으로 펼쳐질 이야기의 무대임을 알게 된다. 그런데 그 허름한 집들이란 차마 눈뜨고 보기 힘들 정도였다. 그렇게 더럽고 비참한 광경은 한 번도 본 적이 없었다.

간신히 버티고 선 대들보, 여기저기 찢겨 나간 문종이. 바닥에는 이가 기어다니고 있을 것 같아, 보기만 해도 온몸이 근질거렸다. 그곳에 모여 사는 사람들의 이야기인 「밑바닥」은 그 자체로 하나의 군상극이었다.

등장인물 전원이 돋보였다. 연기를 하는 게 아니라, 마치 그 사람이 현실에서 그대로 살고 있는 듯했다. 인물 하나하나에 관해 이야기하고 싶지만, 굳이 한 명만 꼽자면 솥 수리쟁이다. 그 역은 「미토코몬」(일본 시대극)으로 익숙한 히가시노 에이지로가 맡았다. 솥 수리쟁이란 구멍 난 솥이나 냄비를 고치는 사람을 말한다.

그 남자는 내내 불만스러운 얼굴로 냄비를 박박 닦고 있었다. 그러나 그는 이곳의 흐릿하고 나약한 주민들과는 달랐다. 언젠가 돈을 벌어 이 쓰레기 더미 같은 생활을 벗어나리라는 의지가 그를 버티게 했다.

남자 곁에는 결핵으로 겨우 숨만 붙어 있는 늙은 아내가 있었다. 그녀는 "괜찮아, 좋은 날이 있을 거야"라는 말에 안심하며, 여기서 살아 보고 싶다는 희망을 내비쳤지만, 다음 날 아침에 끝내 세상을 떠난다. 남자는 결국 장례비를 마련하기 위해 솥을 고치던 도구마저 팔아 버린다.

그런데 그 뒤에 보여 준 남자의 얼굴이 나를 충격에 빠뜨렸다. 그는 웃고 있었다. 경멸하던 그 허름한 판잣집의 주민들과 술을 마시며 웃고 있었다. 어째서일까. 솥을 고치는 도구도 없어서 이제는 이곳에서 벗어날 길조차 없다. 아내도 없다. 하지만 꽉 막힌 절망 속에서, 그는 자신에게 부과된 의무 같은 것조차 버려 버린 것이다. 체면도, 자존심도 모두 내던지고 얻은 해방감. 모든 것을 잃은 슬픔 끝에 터져 나온 압도적인 웃음.

웃음이란, 정말 이런 것이 아닐까. 나는 마음 한편으로 슬픔을 일류로, 웃음을 이류쯤으로 여겨 왔다. 웃는 일을 가볍게 본 것이다. 하지만 실은 웃음이야말로 깊다. 살아가는 일을 온전히 긍정하는 것이다.

영화가 끝나 갈 무렵 모두가 노래를 부르며 춤을 춘다. 피리도 북도 없는 자리에서 입으로 쿵짝쿵짝 쿵짝짝, "돈만 있으면 귀신도 부리지" 하며 흥을 이어간다. 즉흥 합주라고 해야 할까, 랩이라고 해야 하나. 보고 있는 동안 나도 그 춤의 무리에 들어가고 싶어졌다. 지독한 가난 속에 사는 그 사람들이 부럽기까지 했다. 가장 밑바닥의 생활, 그 슬픔을 웃음으로 바꾸어 내는 무시무시한 힘.

《나는 나대로 혼자서 간다》 주인공 모모코 씨의 웃음은 그때 보았던 솥 수리쟁이의 얼굴 가득한 웃음이 힌트가 되었다.

소멸해 가는 것의 아름다움

언젠가 꼭 소설을 쓰겠다고, 어린 시절부터 생각했습니다.

쓴다면 사람의 바뀌는 순간을 포착하고 싶었습니다.
하지만 어떻게 해야 사람이 바뀌는 걸까, 애초에 사람은
바뀔 수 있을까. 원고지를 앞에 두고 손이 멈춘 채 생각만
거듭하다 보니 어느새 오 년, 십 년이 지나 있었습니다.
답 같은 것을 깨달았을 때는 꽤 나이 든 아줌마가 되어
있었습니다. 아니, 아줌마도 지나 이제 곧 할머니가
됩니다. 이렇게 시간이 흘러 버렸네요. 문득 막막한
생각도 들지만 할머니가 된다는 건 의외로 재미있을 것
같습니다.

인생의 끝자락에서 할머니가 얻는 것은 무엇일까요.

저편의 세계를 자유롭게 오가며, 산 자와 죽은 자가
한자리에 모여 이야기를 나누어도 조금도 위화감이 없는
경지.

할머니에게는 인생을 통해 보아 온 것, 보이기 시작한
것도 분명히 있을 터.

남들에게 좋은 사람으로 보이려는 마음을 내려놓으면 얻게 되는 자기결정권, 그리고 고독. 그것조차 은총으로 느낄 수 있지 않을까요. 좋은 일만 있는 건 아닌 인생. 저항할 수 없는 상황이라면 스스로 그것을 선택한 듯이 정면으로 맞서는 기개.

예비 할머니인 제가 지향하는 것은 청춘 소설의 반대편에 있는 노년 소설.

적극적인 노년을 쓰고 싶습니다. 소멸해 가는 것의 아름다움을 쓰고 싶습니다. 그렇게 혼자 살아가는 저의 노년을 담담히 받아들이고 싶습니다.

선고 위원 여러분, 그리고 선고에 힘써 주신 모든 분들, 수많은 원고 가운데 모모코와 저를 선택해 주셔서 진심으로 감사드립니다. 그 기대에 어디까지 부응할 수 있을지는 모르겠지만, 앞으로도 용기 내어 나아가겠습니다.

마
음
이
약
해
지
는
날
에

아아, 이 더위 견딜 수가 없다.

운동도 제대로 하지 않고 지냈더니 여름 감기에 걸려 버렸다. 기침이 심해서 잠이 오지 않는다. 잠이 오지 않는 날이 며칠이나 계속되니 상당히 괴롭다. 페트병에 든 차만 마셨다. 아무것도 먹고 싶지 않다.

그러게, 내가. 지금까지 요리하고 싶지 않은 적은 많았지만 먹고 싶지 않은 적은 한 번도 없었던 내가.

설마 줄곧 이러는 건 아니겠지.

그런가. 이렇게 먹고 싶지 않다가 먹을 수 없게 되고 쇠약해지는 건가, 슬프네.

또 이런다. 나쁜 쪽으로만 자꾸 생각하게 된다.

어쩔 수 없긴 하다. 젊을 때는 낫는다는 전제로 생각하지만 나이를 먹으면 '혹시 이대로 영원히?' 하는 생각이 이내 머리를 스친다.

그렇게 생각하는 버릇 어떻게 좀 안 되려나.

"괜찮다. 아직 멀었다. 사람 목숨이라 카는 기 의외로 질기데이. 죽을 때까지 살아 있는 기다." 아하, 아버지의 명언.

그런가, 그러네.

음, 잠 못 이루는 밤에도 기침과 기침 사이에 어두컴컴한 천장은 바라볼 수 있다. 그러면서 내일은 뭘 먹을까 생각한다. 이런 삶도 괜찮다.

아아, 기름진 것은 절대 안 돼. 몸에서 받질 않아.

흰죽에 매실장아찌, 그게 좋겠네. 작년에 절여 둔 매실장아찌는 아직 열어 보지도 않았지.

……. 아, 아버지, 아직 계셨어요? 잠깐만요, 아버지. 그건 무립니다. 갓 찧은 떡 같은 건 몸이 못 받아들여요. ……. 아버지, 그 떡 찧는 기계는 다시 산 거예요. 시집 올 때 아버지가 사 주신 거 줄곧 사용하다가요, 모터가 고장 나서 꼼짝도 안 하더

라고요. 그때 참 슬펐는데. 바로 두 대째를 사러 달려갔어요. 혼자 살기 시작한 참이었는데도요.

아버지, 떡 좋아하셨지. 시골식으로 만든 큼직한 시판 떡을 대여섯 개는 가뿐히 드셨어. "나는 떡보다. 떡보들은 튼튼하다"며 허세를 부리셨지.

"남이 만든 떡을 사다 먹는 한심한 인간은 되지 마라." 그게 아버지의 말버릇이었다. 그래서 마트의 반찬 판매대는 아무렇지 않게 이용하지만, 기리모치°만은 사지 않는다. 살 수가 없다.

아버지, 칭찬해 줘요. 아직 아버지의 당부를 잘 지키고 있어요.

아버지, 내일은 떡을 만들게요.

호두 떡을 만들어 볼까. 절구에 호두를 넣고 절굿공이로 찧다 보면 기름이 자글자글 나온다. 그때 물과 설탕, 간장만 넣어 호두 소스를 만든다. 갓 찧은 부드러운 떡에 호두 소스를 듬뿍 찍어 먹는다. 아, 생각하니 정말 먹고 싶어지네. 기왕이

° 네모로 잘라 말린 일본식 떡.

면 호두 떡에 생강 초무침과 채소 조림을 곁들여서.

먹읍시다, 같이요. 실컷.

긴장하지 않는 체질

나는 사람들 앞에서 좀처럼 긴장하지 않는 체질이라는 걸 젊은 시절부터 알고 있었습니다. 그렇다고 해서 그런 성격이 내 평범하기 짝이 없는 인생에 무슨 쓸모가 있겠나 싶었습니다. 그런데 인생이란 참 묘한 법입니다. 별다른 것 없던 삶에, 그것도 인생의 후반전도 한참 지난 시점에 이르러 뜻밖에도 한 줄기 빛이 비쳤습니다. 그저 좋아서 계속 써왔을 뿐인 소설이 아쿠타가와상 수상으로 세상의 이목을 받으며 정신없이 흘러간 2018년에, 그 마지막을 장식하듯 모리오카 극장에서 문사극文士劇°

° 작가와 문인들이 직접 출연하는 연극.

무대에 서게 된 것입니다. 아, 모리오카. 정말 가슴이 떨렸습니다.

모리오카는 대학 시절 4년을 보낸 익숙한 곳입니다만, 익숙한 만큼 쓰라린 곳이기도 합니다. 그 시절의 나는 아무것도 모르면서 관념적인 말만 휘두르며 아는 체를 했죠. 노력도 하지 않으면서 꿈만 크고, 건방지고, 예민하고. 떠올리기만 해도 부끄럽습니다. 대학에 들어가 교육학을 전공했다지만 아무것도 제대로 배우지 못했던 나는…… 모리오카에서의 4년이 너무 창피하고 한심해서 한동안 떠올리고 싶지 않았습니다. 코를 막고 눈을 감고, 에잇 하고 단숨에 뛰어넘고 싶은 시간이었습니다.

그 모리오카에서 내가 연극 무대에 선 것입니다. 부끄러워서 얼굴도 들지 못했던 모리오카에서요. 하지만 이번에야말로 나는 모리오카와 이와테산을 정면으로 마주하게 됐습니다. 그렇습니다. 나이를 먹으면 먹을수록, 어디에 살아도 나는 이와테현 사람입니다. 고향 사투리, 고향 사람들에 대한 애착이 점점 강해집니다. 그런 이유로 딱 한 번만 하기로 하고 제안을 받아들였습니다.

연습이라고 해야 할까요, 아무튼 레슨 시간은 즐거웠습니다. 사실 매일 연습이 끝난 후의 뒤풀이가 더 즐거웠습니다. 마치 학생 시절로 돌아간 듯했지요. 연습은 저녁에 있어서, 낮에는 추억의 장소를 이곳저곳 돌아다녀 보았습니다. 45년 전과는 완전히 달라져서 도회적인 거리가 되어 있더군요. 그래도 도로만은 옛날 그대로라 금세 기억이 되살아났습니다. '아, 맞아 그랬지. 여기서 남편과 첫 데이트를 했었지.' 그리운 추억이 스르르 되살아났습니다.

그렇게 맞이한 공연 당일.

나는 역시 긴장하지 않았습니다. 그래서 관객의 반응도 잘 보였습니다. 내 대사 한마디, 몸짓 하나에 웃고 손뼉을 쳐 주더군요. 뭐랄까, 몹시 따스하게 느껴졌습니다.

내 차례가 아닐 때는 무대 옆에서 지켜보았습니다. 특히 보신전쟁° 때 남부번°° 사람들의 모습처럼, 나라야마 사도라는 남자의 우직하고 진실한 삶에 눈물이 나서 박수를 보냈습니

° 1868년, 메이지 유신기에 벌어진 내전.

°° 지금의 이와테현 모리오카 일대.

다. 모두가 하나가 되어 응원했습니다.

무대란 관객과 배우가 함께 만들어 가는 것이지요. 극장 전체가 하나가 되는 그 일체감이 참 좋았습니다. 피날레 때 관객들이 보내 준 따뜻한 환호, 정말 벅차더군요. 몇 번이고 다시 느껴 보고 싶었습니다.

또 오겠습니다. 모리오카.

엄마와 졸병

1월 말, 센다이 시내 서점들에 인사를 돌고 돌아오는 길에 엄마를 만나기로 했다. 엄마는 센다이에 사는 오빠 집 근처의 노인 시설에 계신다. 엄마를 만나는 건 1년 만이었다. 오랫동안 소식을 끊고 지낸 게 걸려, 좀처럼 마음이 편치 않았다.

엄마를 만나는 건 솔직히 기쁨 반, 무거움 반이다. 지난번에 만났을 때 엄마는 나를 알아보지 못했다. 오빠가 "치사코잖아" 해도 고개를 갸웃거릴 뿐, "엄마, 나야" 하는 말도 귀에 닿지 않는 것 같았다. 어차피 가 봤자 무슨 소용인가, 그런 말이 튀어나올 뻔해서 당황했다.

다른 집 모녀는 어떤지 모르겠지만, 나와 엄마

사이에는 지금까지 참 많은 일이 있었다. 하긴 엄마는 아흔다섯, 나는 예순셋. 반세기를 훌쩍 넘긴 모녀 관계다. 아름다운 그림처럼 사이좋기만 할 수는 없다.

엄마는 1922년생. 상당히 기가 세고 덩치가 크며 고집스러운 사람이었다. 어릴 적에 길을 걷다 보면 모르는 사람이 "니, 토미 딸이제? 딱 보이 알겠네" 하고 말을 걸곤 했다. 그 정도로 엄마를 쏙 빼닮은 탓에 체격이 큰 게 늘 고민이었다. 데릴사위였던 아버지는 발이 크다는 이유로 엄마를 '촛대'라고 놀리기도 했다. 엄마의 발은 무려 26센티미터. 그건 나도 따라가지 못한다.

엄마와 아버지는 금슬이 좋았지만 가끔 다투기도 했다. 그럴 때면 엄마는 "혼자가 좋지, 혼자가 핀하지, 혼자가 제일이라" 하고 말했다. 어린 마음에도 그 말이 왠지 멋있게 들렸던 나는 기억해 두었다가 언젠가 소설에 써야지 생각했다. 그게 《나는 나대로 혼자서 간다》에서 드디어 실현되었다. 엄마는 또 어느 날 문득 "사실은 있제, 나는 느그 아버지보다 훨씬 머리가 좋데이" 하고 말했다. 그런 엄마였다.

엄마도 어린 시절에는 꽤 고생한 것 같다.

외가는 도노시에서 기모노 가게를 했다. 문헌에 따르면, 도노시는 예전에 가마이시·미야코 해변의 물산과 하나마키·모리오카 내륙의 물산이 교환되던 거점으로, 철마다 큰 시장이 열릴 만큼 번성했다고 한다. 하지만 아이러니하게도 교통이 좋아지면 좋아질수록 이 지역의 상대적 가치는 흐려졌다. 외가의 기모노 가게는 제법 규모가 컸지만 메이지 시대의 중기 무렵부터 기울기 시작해 식구들이 뿔뿔이 흩어졌다. 지금은 본가와 같은 성을 가진 집이 마을에 단 한 집도 남아 있지 않다.

그때는 대부분의 집이 농가였는데, 할아버지는 땅이 없어서 생선 행상으로 살림을 꾸렸다고 한다. 당시에는 대금을 돈 대신 물건으로 치르는 경우가 많았다. 그래서 엄마는 할아버지를 따라다니며 쌀이나 팥 자루를 대신 짊어지고 다녔는데, 그 일이 무척 비참했다고 한다. 그런 이야기를 들을 때면 커다란 짐을 지고 눈보라 휘몰아치는 들판을 걸어가는 엄마의 모습이 떠올라, 어린 마음에도 안쓰럽다는 생각이 먼저 들었다.

엄마는 학교에 다니고 싶었다고 한다. 한번은 질투심에 학교 다니는 이모의 가방을 숨긴 적도 있었단다. 그런 과거 때

문인지 내게는 끊임없이 직업을 가진 여성이 되라고 했다. 결혼은 시시하다고도 했다.

엄마가 그렇게 말해서는 아니지만, 나 역시 교사라는 직업을 갖고 싶었다. 그렇게 나는 엄마와 나, 두 사람 몫의 꿈을 짊어지고 지방 대학 교육학부에 들어가 교사의 길을 꿈꾸었다. 하지만 끝내 이루지 못했다. 두 사람 몫의 꿈은 두 배의 무게가 되어 나를 짓눌렀다. 게다가 엄마의 기대를 저버렸다는 좌절감은 그 뒤로도 줄곧 나를 따라다녔다.

결국 나는 평범하게 선을 보고 결혼해 가정에 들어앉게 되었다. 엄마는 겉으로는 축하해 주었지만, 결혼식 날 아침 "니는 이 집을 위해 아무것도 한 게 없네" 하고 내뱉듯 말했다. 이내 아들을 낳았을 때도 엄마는 핥듯이 귀여워해 주었지만 그 속에 남아 있는 유감스러운 마음도 고스란히 느껴졌다.

남편은 남편대로 아버지의 기대를 짐처럼 느끼고 있었던 터라, 차라리 부모의 그늘에서 벗어나 살자고 했다. 젊었던 우리는 망설임 하나 없이 그 자리에서 결정을 내렸다. 남편은 처음부터 다시 시작하겠다는 기개로 불탔고, 나 역시 꿈의 잔

해에 사로잡혀 있고 싶지 않았다. 그렇게 우리는 한창 귀여운 아이를 데리고 부모로부터 떠났다. 남겨진 엄마의 외로움 따위는 돌아보지 않은 채 그저 앞만 보았다.

우리가 도회로 나왔을 때는 버블 시대. 일거리는 풍족했고, 남편은 성실하게 일해 집도 지었다. 딸도 태어나면서 행복한 가정에 젖어 지내던 어느 날, 나는 집 뒤의 작은 밭을 일궈 감자를 심었다. 신이 나서 엄마에게 전화를 걸어 그 얘길 했더니, "감자나 심으라꼬 대학교 보낸 기 아이다"라고 했다. 왜 눈앞의 내 행복을 기뻐해 주지 않는 걸까. 화가 난 나는 반년 동안 전화를 하지 않았다. 아버지와 둘이 자식의 전화를 기다리고 있다는 걸 알면서도.

사실은 엄마 목소리가 듣고 싶어 전화를 걸까 말까 망설인 적도 있었다. 다이얼을 돌리다 말고 그냥 수화기를 내려놓은 적도 몇 번은 있었다. 내가 전화를 주저한 건, 엄마 앞에서 나는 언제나 전쟁터의 졸병이었기 때문이다. 졸병은 전과를 보고해야 한다. 이를테면 아이 성적이 좋다든가, 남편 일이 잘 풀린다든가, 나도 지금 공부를 계속하고 있다든가. 엄마 앞에서 내세울 게 없던 날은 무거웠다. 오로지 무거웠다.

그러고 보니 나는 엄마에게 약한 소리를 해 본 적이 없다. 상담을 청한 적도 없다. 엄마 역시 그랬다. 외롭다느니 하는 감정적인 말을 입에 올린 적이 없다. 우리는 서로에게 결코 약한 내색을 하지 않는 모녀였다.

내 아이가 성장해서 진학하느라 집을 떠났을 때서야 엄마도 이 외로움을 맛보았겠다고 처음으로 생각했다.

결정적으로 공감하게 된 순간은 남편이 갑자기 세상을 떠났을 때였다. 남편을 먼저 보낸 엄마의 고독을 그제야 알았다. 나는 엄마에게 아무것도 해 주지 못했다. 엄마는 그저 "십년만 참아라. 그라믄 핀해진다"고 나를 위로했다.

오랜만에 본 엄마는 그렇게 큰 몸집이 거의 반으로 준 채 누워 있었다. 책을 내밀며 "이거 내가 쓴 거야" 하자, 엄마는 책을 받아 띠지에 적힌 문장을 술술 읽어 내려갔다. "63세의 신인, 새로운 노년을 살아가다……." 표지 뒷면의 줄거리도 거침없이 읽었다. 전에 치매기가 있던 게 거짓말 같았다. 어쩌면 엄마는 아버지 곁으로 빨리 가고 싶어 일부러 치매인 척했던 게 아닐까, 그런 생각까지 했다. 우리 엄마는 원래 씩씩해.

과연, 우리 엄마.

너무 기뻐서, 오랜만에 장난스러운 졸병이 되었다.

"엄마, 있제, 책이 디기 마이 팔려서 우체국에 엄청나게 쌓였다 카더라." 엄마는 웃으며 오빠에게도 좀 나눠 주라고 했다. 이어서 오빠에게 "니도 좀 잘해래이" 하고 말했다. "알겠심더" 하고 오빠가 과장되게 머리를 긁적였다. 오랜만에 옛날 단란했던 가족이 되었다.

신칸센을 타야 할 시간이 다가왔다. 헤어질 무렵, 나는 40년 동안 하고 싶어도 하지 못한 말을 했다. "일하러 간대이."

엄마는 만족스럽게 "가거래이" 하고 답했다.

혼자 사는 것은
지금보다 훨씬 더
사회적으로 인정받아도 좋을 텐데요.

혼자인 삶 역시
부정이 아니라, 삶의 방식으로
존중받아야 한다고 생각해요.

자,
이제
나
갑시다
!

나는 어릴 때부터 사무라이 드라마를 무척 좋아했습니다. "앉아서 죽기를 기다리기보다 자, 모두 함께 나가자!"라는 대사를 들을 때면 가슴이 뛰고 오금이 저렸습니다.

지금은 코로나 시대. 우리는 안으로 움츠러드는 삶을 강요받고 있습니다. 고령자들은 더욱 그렇습니다. 이 병은 사람을 고립시키고 서로를 멀어지게 만드는 낯선 병입니다만, 그렇다고 마음마저 움츠러들어 굴복해서야 되겠습니까. 조심은 하되, 겁내지 않고 밖으로 나가려 합니다. 혼자 사는 시간도 즐겁고, 사람들과 어울리는 순간도 즐겁습니다. 무엇보다 중요한 건 자신을 기쁘게 하는 일입니다.

《나는 나대로 혼자서 간다》라는 작품은 수많은 내면의 목소리에 의지하여, 자유롭고 활달하게 살아가는 한 노부인을 그린 것입니다. 세월을 쌓아 가며 얻은 경험이 무엇보다 귀하다는 걸 우리는 알고 있습니다. 무엇이 나에게 좋은 것이고, 또 무엇이 그렇지 않은 줄도 분별할 수 있습니다. 그러니 이제는 뒤이어 살아갈 젊은 사람들을 위해서 그동안 익혀 온 것을 세상에 나와 말할 때가 아닐까요. 노년을 살아간다는 것은 인생을 결산하는 일일지도 모릅니다.

나는 이렇게 말하고 싶습니다.

자, 여러분. 이제 나갑시다. 그리고 노년을 즐깁시다.

자신을 가꿔라

오시 하나 씨, 멋집니다.

이런 할머니, 참 좋습니다. 아니, 같은 여자로서 마구 반했습니다.

이 소설은 첫머리부터 정신이 번쩍 들 만큼 나를 후려칩니다. "사람은 겉모습이 제일. 젊음을 갈고 닦아야지, 늙고 나서 다듬으면 뭐 하겠어"라고 합니다. "속이 중요하다는 사람일수록 속이 비어 있어"라고도 합니다. 하나하나 지당한 말씀.

나는 정말로 대충 살기 일쑤입니다. 다시 시집 갈 것도 아니니 편한 게 제일. 고무줄 바지에, 불룩 나온 배가 드러나지 않도록 헐렁한 윗도리를 입죠. 애초에 옷의 어디를 뭐라 부르는지도 제대로 모릅니다. 요즘 세상에 '조끼'라는 말을 쓰는 사람은 아마 나밖에 없을 겁니다. 슈퍼에서 산 싸구려 모자를 눌러 쓰고, 배낭을 메고 외출합니다. 그마저도 코로나 이후에는 줄었고, 설상가상 마스크 생활 덕분에 피부 손질도, 화장도 게을리해 기미와 주름, 주근깨로 뒤덮인 얼굴이 되었습니다. 반성합니다. 어떻게 좀 해야겠다는 생각이 들었습니다.

글을 쓰다 말고 세수를 하고 왔습니다. 그러고 보니 비누로 아침 세수를 한 게 며칠 만인지 모르겠습니다. 오랜만에 정성껏 피부 화장도 했습니다. 그러고 나니 이 한심한 차림도 좀 어떻게 해야 할 것 같아서 옷장을 마구 뒤져 꽃무늬 블라우스에 재색 스커트를 입었습니다. 우훗. 확실히 차려입으니 등이 절로 펴지고 의욕도 생깁니다. 그런 것이군요. 알겠습니다. 늦었지만, 정말로 늦었지만, 여자의 매력을 가꾸겠습니다. 그렇게 결의를 다지며, 제가 생각하는 바를 잠시 이야기하고 싶습니다.

내가 하나 씨에게 마음을 빼앗긴 것은 참지 않는 여자이기 때문입니다. 자기 생각을 말하고 목소리를 내는 여자이기 때문입니다.

우리는 튀지 마라, 나서지 마라, 조신해라, 얌전해라 같은 말이 어째서 이렇게 뼛속 깊이 새겨진 걸까요. 자기 욕망을 마치 악한 것처럼 여기고 철저히 무시한 채, 다수에 따르는 것을 옳다고 여기는 풍조가 있습니다. 분위기 좀 읽으라니. 나는 일본인 특유의 심성이라는 말은 입이 찢어져도 하고 싶지 않습니다. 하물며 '미풍양속' 운운하는 이들에게는 진심으로 화가 납니다.

하지만 권력을 갖고 다스리려는 사람들은 다루기 쉬워 좋겠지요. 어차피 시키는 대로 할 테니까요. 나는 두렵습니다. 언젠가 악의를 품은 누군가가 이 순한 사람들을 나쁜 쪽으로 이끌려 할 때, 그들을 막아설 사람이 아무도 없을까 봐서요.

코로나 때문일까요. 요즘은 세상 전체가 어둡고 숨 막히게 느껴집니다.

이런 시대에 나이를 먹어 간다는 것은 어쩐지 불리하달까, 짐짝 취급을 받는 듯해 씁쓸합니다. 이런 사회적 분위기를 민감하게 느낀 탓인지, 자식들에게 폐가 되지 않으려 50대나 60대에 이른 폐점을 하듯 주변 정리를 하는 사람들도 있습니다. 그것이 꼭 나쁘다는 건 아니지만, 어딘가 의기소침해져서 뒤로 물러서는 듯한 느낌입니다.

나이 든다는 게 그렇게 초라하고 쓸쓸한 일일까요.

늙는 것도 성장의 한 형태라고 생각합니다.

물론 체력이 예전만 못한 건 어쩔 수 없는 일이겠지요. 하지만 100미터 달리기를 할 것도 아닌데, 일상을 살아가는 데 필요한 체력이라면 젊을 때와 비교해도 그리 부족하지는 않을 겁니다.

우리는 경험이라는 실험 결과의 수많은 데이터를 갖고 있습니다. 그것을 바탕으로 생각해 보면 젊은 시절에는 미처 몰랐지만 지금은 알 수 있는 것이 잔뜩 있습니다. 깊은 의미의 지력도 확실하게 성장하고 있고요.

체력도, 지력도 아직 충분합니다. 그렇다면 남은 건 기력뿐. 실은 이것이 가장 중요하죠.

기력, 즉 의욕을 갉아먹는 건 눈에 보이지 않는 관습이라 생각합니다. 이를테면 '늙으면 자식을 따라야 한다'라는 정서가 아직도 깊숙이 배어 있죠. '요즘 세상에 에도시대의 봉건 도덕이라니' 할지도 모르지만, 나이 들면 뒤로 물러나야 한다는 생각이 자기도 모르게 스며들어 기력을 약하게 만듭니다. 실제로 나이 들어 보니 '어, 어제의 나와 별로 다르지 않잖아?' 하고 느끼는데도, 나이를 먹으면 어때야 한다는 생각이 이내 자신을 움츠러들게 만듭니다.

이럴 때, 하나 씨의 한마디 한마디가 심금을 울리죠.

"정신 차려. 자신을 가꿔."

"당당하게 걸어. 자신을 방치하다니 말도 안 돼."

"자신을 소중히 해. 하고 싶은 대로 하고, 네 생각대로 살아."

하나 씨의 말은 자칫 의기소침해지기 쉬운 우리를 다시 일으켜 세워 줍니다. 나이 들었다고 주저하지 말고, 이제야말로 자신을 믿고 따르라 말하는 듯합니다. 이렇게 세상에 휩쓸리지 않는 삶의 태도, 나는 좋아합니다. 그렇다고 하나 씨가 모범생처럼 올곧은 사람인 것도 아닙니다. 가끔은 며느리에게 콕콕 쏘아붙이기도 하지요. 그런 인간적인 면이 미치도록 매력적입니다.

소설 속 인물이든 현실의 사람이든, 평소의 나에게 '힘내라'며 채찍을 가해 주는 사람은 소중하고 귀한 친구입니다.

오시 하나 씨를 알게 되어 정말 좋았습니다.

　오시 하나 씨를 탄생시킨 우치다테 마키코 씨를 딱 한 번 만난 적이 있습니다. 우치다테 씨의 아버지가 모리오카 출신이고, 나 역시 도노 출신이라는 인연으로 모리오카 문사극 무대에 함께 섰답니다. 우치다테 씨는 그곳의 단골이자 간판스타였고, 나는 첫 출연자였지요. 문사극은 의상과 가발까지 갖춰 본격적이고, 웃음과 눈물이 뒤섞여 열기와 흥분을 일으키는 무대였습니다.

　우치다테 씨는 초면인 나에게 이렇게 말을 건넸습니다.

　"저기요, 노후에는 모리오카에서 함께 살지 않을래요?"

　나는 어버버, 말문이 막혔습니다. 무리도 아니었죠. 젊은 시절부터 동경하던 작가가 눈앞에서 말을 걸고, 게다가 함께 살자고 하니 말입니다.

　다만 우치다테 씨가 말하는 노후는 언제쯤인 걸까, 잠시 생각하긴 했습니다. 그때 "좋아요, 함께 살아요"라고 시원스럽게 대답했더라면 좋았을걸. 졸보였던 나를 부끄럽게 생각합니다. 그렇게 말하지 못한 것은 분명한 간극 탓이겠죠.

사실 우치다테 씨와 나이는 별로 차이가 나지 않습니다. 그러나 작품의 양은 문자 그대로 하늘과 땅 차이입니다. 나는 후지이 소타°가 신인으로 멋지게 데뷔했을 무렵, 함께 신인으로 불렸다는 게 내 자랑거리입니다. 신인이지만, 노인. 그래서 노후를 어떻게 살아갈지는 내게 가장 중요하면서도 시급한 과제입니다.

자, 이제 어떻게 해야 할까 고개를 갸웃거려 봐도 올바르게 늙어 가는 방법이란 아마 없겠지요. 저마다 노년의 모습이 다르기 마련이니, 결국은 더듬거리며 각자 자기 방식대로 나이 들어 갈 수밖에 없을 겁니다.

나는 '이사'하는 그날까지 신명 나고 흥겹게 살아가고 싶습니다. 과연, 어떻게 될까요.

° 2002 년생인 일본의 프로 장기 기사.

2부

상실 이후에도
삶은 흐른다

요즘 들어 태풍, 지진 등 유난히 재해가 잦다. 거부
할 틈도 없이 잔혹하게 생명을 앗아가는 부조리한
죽음을 눈앞에서 본다. 그런가 하면 초고령화 사
회. 더디고 더딘 죽음도 드문 일이 아니다. 우리는
그 어느 쪽도 두려워한다. 가능하면 차라리 생각하
지 않은 것뿐이다. 하지만 외면하면 할수록 막연한
불안이 커진다. 대체 죽음을 어떻게 받아들이면 좋
을까.

「바라나시」는 하나의 해답이었다.

이 영화는 늙은 아버지와 중년의 아들, 며느리,
그리고 손녀가 나오는 가족 이야기다. 죽음이 가까
워졌음을 깨달은 아버지는 성지 바라나시의 '죽음

을 준비하는 사람들의 숙소'로 향하고, 아들이 그 길에 동행한다. 아버지는 갠지스강에서 몸을 씻고 그 물을 마시며 다가올 시간을 고요히 받아들인다. 반대로 효율과 이해득실 속에서 '지금 이 순간'을 빡빡하게 살아가던 아들은 내내 휴대전화를 들고 초조함을 감추지 못한다. 그러나 어느새 아들도 느긋한 시간의 호흡을 되찾아 간다. 그렇게 만든 것은 갠지스의 깊은 물결이었을까, 강가의 풍경이었을까. 두 사람의 시간은 점점 같은 리듬을 탄다.

그곳에 이르기까지 잔잔한 인도의 풍경도 아름다웠다.

이윽고 노인은 눈을 감고, 가족들은 선명한 노란 천으로 덮인 시신을 메고 꽃잎을 흩뿌리며 걷는다. 이 나라에서 죽음은 원색의 축제다. 이 세상에서 저 세상으로 옮겨가는 이주移住와 같은 축제. 그것은 곧 '돌아감'이기도 하다. 저 세상에서 다시 이 세상으로의 귀환을 예감하게 하니까. 되풀이되는 삶의 시간, 그리고 죽음의 시간.

삶도 죽음도, 어쩌면 하나의 통과점일지 모른다. 한순간에 잘려 나간 듯 짧은 생도 다시 새로운 탄생을 향해 움직이기 시작한다. 오랫동안 병들어 있던 삶도 그때만의 모습일 것이

다. 그렇게 생각하면 어깨의 힘이 스르르 빠지고 마음은 잔잔
히 놓인다.

중요한 것은 시간이다.
노래를 해도 좋고, 뒹굴어도 괜찮다.
아무 생각 없이 멍하니 있어도 괜찮다.
어깨까지 깊게 숨을 들이쉬는 시간.
그 시간이 있다면
사람의 가능성을 점점 넓혀 줄 테니까.

끝이 있다는 위로

작은 아파트에 신나는 노래가 흐른다

　젊은 부부와 어린 아들이 함께 살고 있다

　그래, 지금이야말로 어드벤짱°

　어린 아들은 '어드벤처'가 자기처럼 귀여운 남자

아이 이름인 줄 알았다

　아들의 사랑스러운 착각에 웃으며

　아내는 옆에 있는 남편에게 속삭인다

　"여보, 우리도 영원한 생명이 있으면 좋을 것 같

지 않아?"

　곧바로 "그러게" 하는 대답이 돌아올 거라 생각

○　드래곤볼 주제가 가사. "그래, 지금이야말로 어드벤처."

했지만

"싫어 영원한 생명이 있으면 나는 영원히 일해야 하잖아"

눈을 동그랗게 뜬 아내에게

남편은 다정한 눈빛으로 말을 이었다

"끝이 있어서 좋은 거야 끝이 있으니까 지금 노력할 수 있
는 거지"

세월이 흐른다

바람처럼 구름처럼

단독주택에는 중년의 부부와 고등학생 아들, 초등학생 딸
이 함께 살고 있다

해마다 늘어나는 교육비를 감당하기 위해 아내는 일하러
나갔다

일을 한다는 건 한 컵의 기쁨과

백 컵의 인내로 완성된다는 걸 아내는 깨닫게 된다

지친 아내는 남편에게 속삭인다

"여보 영원한 생명 따위 필요 없는 거네"

"아하하, 이제야 내 마음을 알았군"

그리고 변함없이 다정한 말투로 아내에게 이렇게 말한다

"끝이 있어서 좋은 거야 끝이 있어서 지금 노력할 수 있는
거지"

세월이 흐른다

바람처럼 구름처럼

텅 빈 듯 고요한 집에서

혼자가 된 아내는 남편의 영정을 향해 외친다

"영원한 생명 따위 필요 없어, 지금 당장

지금 당장 당신이 있는 곳으로 나를 데려가"

사진 속 남편은 아내에게 다정한 미소를 짓는다

아내는 여전히 간청한다

남편은 아무 대답도 하지 않는다

잠이 오지 않는 밤, 얕은 호흡 속에

그래도 아침은 찾아온다

잔혹한 아침은 찾아온다

혼자가 된 아내에게

하루는 영원처럼 길다

나이가 들면 옛 기억이 또렷해진다더니, 정말 그렇
다. 그리운 도호쿠의 짧은 여름 아침 한 장면은 지
금도 떠오른다.

스무 살 무렵의 일이었다. 여름방학이면 고향으
로 내려가, 늘 불단이 있는 방에서 잠을 잤다. 밤에
는 늦게 자고 아침에는 좀처럼 일어나지 못하는 나
는 그날도 몇 번째인지 모를 이웃집 수탉의 울음소
리에 질려 있었다. 간신히 눈을 떠 작은 창밖을 내
다보면, 바깥은 아직 희끄무레했다. 잠시 뒤, 덜커
덕 미닫이문을 여는 소리가 들렸다. 아버지였다.
이내 시원한 바람이 방 안으로 흘러들어 왔다. '이

렇게 일찍 일어나지 않아도 될 텐데……' 속으로 중얼거리다 보면, 이번에는 모기장 자락이 얼굴에 스친다. 아버지가 모기장을 걷는 것이다. 나는 고집스럽게 여름 이불에 매달려 일어나지 않는다. 그러고 있으면 베갯머리 가까이로 다가오는 아버지의 발. 아버지는 불단을 향해 "손녀가 먼 곳에 있심더, 우야든동 잘 지켜 주시소" 하며 일 년 삼백육십오 일 같은 기도를 읊조리고, 큰 손으로 손뼉을 짝 친다. 이어 곧바로 옆의 불단 앞에서도 같은 기도를 하고 향을 피운다. 모락모락 피어오르는 연기가 방 안에 가득 차면 그쯤에는 나도 잠이 다 깨서 일어나곤 했다. 부엌에서는 엄마의 된장국 냄새가 구수했다.

이것이 나의 여름이었다. 이 흔한 풍경이 줄곧 계속될 줄 알았다. 생각하니 지금도 울 것 같네.

아버지가 살아 계셨다면 올해로 백한 살. 아, 벌써 그렇게나 되나요, 하고 놀라다 보니 나도 예순넷. 하나도 이상할 것 없는 게 이상하다. 나는 어릴 때부터 아버지를 무척 좋아하는 아이였다. 아버지가 쉬는 날이면 졸졸 따라다니며 뒤에서 장난을 치고는 깔깔 웃었다.

"나는 솔개 매(토비타카)는 안 될 것 같고. 솔개 까마귀(토비카라스)? 솔개 참새(토비스즈메)°면 우야지?"

아버지의 넓은 등이 출렁이며 흔들리더니, 아버지는 돌아보며 "아부지는 무조건 솔개네" 하고 웃었다.

아버지가 돌아가신 지 어느덧 스무 해가 지났다. 그런데도 여전히 곳곳에서 아버지의 기운이 느껴지는 건 내가 쓰는 어휘나 말투가 아버지를 많이 닮아서다. 그런 말을 할 때마다 내 안의 아버지가 꿈틀거린다. 아버지는 가부키 대사처럼 일부러 돌려 말하는 고풍스러운 표현을 좋아했다. 그래서 나도 모르게 낭독극 같은 말투를 은근히 좋아하게 되었는지도 모른다. 누군가 내 글을 보고 "구전문학 같다"고 말해 준 적이 있었는데, 아마 그것도 아버지의 영향일 것이다. 어딘가에 아버지를 남겨 두고 싶은 마음, 어쩌면 그게 내가 소설을 쓰는 이유이기도 하다.

° 일본어 '토비鳶'는 솔개를 뜻한다. 화자가 말하는 '토비타카, 토비카라스, 토비스즈메'는 '솔개+매, 솔개+까마귀, 솔개+참새'처럼 소리를 늘여 붙인 말장난이다.

079

오랜 친구이자 주부 동료인 Y씨가 젊은 엄마들과 함께 지역 식당을 열었다는 이야기를 들었다. 나도 서랍에 넣어 둔 지 오래된 앞치마를 꺼내 들고 달려갔다.

한 달에 두 번, 어른은 300엔, 아이는 무료인 그 식당은 어느새 지역 사람들의 휴식처가 되었다. 나도 바로 그 무리에 끼어, 모두의 활기를 함께 나르며 일손을 거들었다.

Y씨와 나는 아들 초등학교 학부모 모임에서 처음 만났다. 그녀는 드물게 뛰어난 리더십을 지닌 사람이었다. 그 매력에 이끌려 어느덧 30여 년. 그렇다고 늘 붙어 지낸 건 아니다. 가깝지도 않고 멀

지도 않게. 그게 오래 가는 비결이다.

잊을 수 없는 일은 남편이 세상을 떠났을 때다. 그때 Y씨가 누구보다 먼저 달려와 내 등을 다독여 주었다. 그 따뜻함은 어떤 위로의 말보다 감사했다. 우리 둘은 삿갓과 흰옷, 지팡이 차림으로 지치부의 34개 사찰을 함께 순례한 적도 있다. 땀에 흠뻑 젖은 채 걸으며 무사히 순례를 마쳤을 때의 그 벅찬 기쁨이란.

그때는 둘 다 젊었지만 이제는 예전만큼 마음이 따라 주지 않는다.

그래도 여전히 사람과 관계를 맺고 누군가에게 도움이 되고 싶다는 마음이 남아 있는 한, 우린 아직 젊다. 이제부터다.

앞장서서 진두지휘하는 Y씨의 모습을 곁눈질로 보며 나도 양파를 까고 있다.

소설은 읽는 것도, 쓰는 것도 무척 좋아합니다. 사실 이만큼 재미있는 일이 또 있을까 싶을 정도로 내가 가장 좋아하는 일이죠. 그래서 싫증 내지 않고 오래 계속할 수 있었습니다. 대부분의 일은 흥미를 느껴도 작심삼일, 의지가 약해 금세 자기혐오에 빠지곤 하는 나인데…….

글을 쓰다 보면 크고 작은 발견이 즐겁습니다. 글이 막히면 '어쩌지?' 싶은 마음에 손을 멈추고 생각을 거듭합니다. 해결책을 찾았을 때의 그 "아싸!" 하는 성취감. 정말, "그만둘 수 없어, 멈출 수 없어!" 하면서 계속 먹게 되는 과자 같지요.

말은 이렇게 하지만 나는 느려 터진 완행열차입

니다. 빠르게 잘 달리지 못하죠. 느릿하고 느긋하게, 때로는 차창 밖 풍경을 즐기면서 왔습니다. 문득 정신을 차리고 보니, 나도 모르게 이곳에 도착해 있더군요. 나는 의외로 행복한 사람입니다.

신인이라는 말

나는 지금 예순세 살의 신인이 되었다. 도대체 어떤 하늘의 인연이며 무슨 배려일까. 중장년에 접어든 한 개그맨이 "별로 올라가지도 않았는데 벌써 내리막이라니" 하고 웃던 모습이 떠오른다. 나도 그 말처럼 예순을 넘기고는 이제 천천히 사라져 갈 일만 남았다는 생각에 반쯤 체념하고 있던 참이었다. 그런데 바로 그때, 소설 신인상을 받았다.

이후 내 생활은 완전히 바뀌었다. 친구나 지인과 차를 마시며 수다를 떨던 나날에서 어느새 일터의 최전선으로 불려 나갔다.

내 책을 내준 곳은 가와데쇼보신사라는 출판사였다. 여러 번 그곳을 방문했는데 무척 가정적인 분위기의 회사라 갈 때마다 기분이 좋았다. 무엇보다 기쁜 것은 그곳의 여성들이 생기 넘치게 일하는 모습이었다. 같은 여성으로서, 그리고 나이로는 선배로서, 그게 진심으로 반갑고 조금은 부러웠다. 나도 한때는 '직업 부인'°을 꿈꾸다 좌절했던 터라, 여성의 일할 자리가 늘어난 것이 그저 기뻤다. 덕분에 미래의 희망이 조금은 보이는 듯했다.

나와 함께 일하는 여성 편집자는 눈치도 빠르고 재능도 뛰어났다. 어머니의 연세를 물어보니 내 나이와 비슷했다. 인상도 좋고 성품도 온화한 남성 편집자는 내 아들과 같은 나이였다. 편집장도 이름으로 보아 마흔을 갓 넘긴 용띠쯤 될 것이다. 내 아들이나 딸이라 불러도 이상하지 않을 이들이 지금세상 한가운데서 한껏 빛나고 있었다. 문득 깨달았다. 나도모르는 사이 이렇게 나이를 먹어 버렸구나. 어쩐지 여자 우라시마°°가 된 듯한 기분이었다.

그래도 이들과 어깨를 나란히 하고 일하다 보면 뜻밖에도

° 결혼 후에도 직업을 가진 여성을 가리키던 옛 표현.
°° 일본 설화 속 인물로, 바닷속 용궁에서 잠시 지낸 줄 알았으나 지상으로 돌아오니 세월이 훌쩍 흘러 버렸다.

나이 차이를 거의 느끼지 못한다. '나, 꽤 잘하잖아. 제법인데'
하고 혼자 뿌듯해한다. 그럼에도 세대 차이가 드러날 때가 가
끔 있다. 어느 날 「너의 이름은」 이야기가 나왔을 때, 나는 "그
렇게 오래된 것을?" 하고 말했다가 곧 그들이 말하는 작품이
내가 떠올린 것과 다르다는 걸 깨닫고 얼굴이 붉어졌다.°

오래된 건 나였다.

아쿠타가와상 발표회 당일.

상을 받든 못 받든, 오늘은 예순 해 동안 단 한 번뿐인 축제
라고 생각하며 고향 기사라즈의 맛있는 찹쌀떡을 선물로 들
고 출판사로 갔다. 회의실에서 결과를 기다리는 동안 많은 사
람들이 들러 말을 건네 주었다. 모두가 내 일을 자기 일처럼
여기며 모여드는 모습을 보니 가슴이 뜨거워졌다. 마침내 수
상 소식이 전해지자 다들 함께 환호했는데, 정작 나는 차분했
다. 그러다 아무도 없는 사장실에 들어섰을 때서야 눈물이 흘
렀다.

°　1950년대 일본에서 큰 인기를 끈 멜로 영화와 2016년 신카이 마코토 감
　독의 애니메이션 제목.

기쁨과 슬픔이 한꺼번에 밀려올 때 사람은 오히려 무표정해지는 것 같다. 마음속에서 여러 감정이 뒤섞여 어떻게 받아들여야 할지 몰라 멍해지는 게 아닐까. 나는 그저 이 사람들과 더 오래 있고 싶었다. 이 젊은이들과 함께 아직도 더 많은 일을 하고 싶었다.

그로부터 한 달 뒤쯤 나는 머리를 감싸 쥐었다. 글을 쓴다는 건 생각을 비틀어 짜내는 일이다. 머릿속 주머니를 뒤집어서 탈탈 턴다. 과연 무엇이 나올까. 나는 무엇을 쓰고 싶은가. 재미있는 소설. 듣기만 해도 즐겁고, 읽으면 더 즐거운 그런 소설. 그래서 또 생각에 잠긴다.

아, 그건 그렇고 '신인'이라는 말. 참 좋다. 저절로 등이 펴지고, 아직은 더 해낼 수 있을 것 같은 기운이 솟아오른다.

말은 역시 마법의 지팡이다.

그 시절의 우리들

카미고 초등학교의 창립 150주년을 진심으로
축하드립니다.

그렇군요. 우리 카미고 초등학교가 어느새 150년이라는
긴 세월을 걸어왔군요. 참으로 뜻깊고 감격스러운
일입니다.

150년 전의 카미고가 어떤 모습이었을지 선뜻 떠올리긴
어렵습니다. 그러나 그 시절 아이들이 학교에 다니게
되고 글자를 배우기 시작했다는 사실만으로도 얼마나
기뻐했을지는 충분히 짐작할 수 있습니다. 아마 아이들은
들뜬 마음으로 보자기에 도시락을 싸서 허리에 차고,
즐겁게 학교로 향하지 않았을까요.

지난 150년은 결코 좋은 일만 이어진 세월이
아니었습니다. 청일전쟁과 태평양전쟁 같은 일도 있었고,
냉해로 쌀조차 거두지 못하던 해도 있었습니다. 기쁨보다
슬픔이 더 많았던 시기도 있었을지 모릅니다. 그러나
그 모든 시간 속에서도, 학교는 언제나 아이들은 물론

어른들에게도 희망의 빛이 되어 주었습니다. 카미고
문화의 중심에 서서, 모두에게 소중한 터전이 되어
주었습니다.

저도 60년 전, 카미고 초등학교의 학생이었습니다.

그때는 이와테카미고역 근처에 있던 낡은 목조
건물이었지요. 지금도 또렷이 떠오르는 건 경비실 옆에
있던 커다란 아궁이입니다. 그 위에는 늘 물이 보글보글
끓고 있었어요. 우리는 손잡이가 긴 바가지로 물을 떠
청소용 양동이에 담아, 친구와 함께 쏟지 않으려 조심조심
긴 복도와 계단을 걸어가곤 했죠. 눈을 감으면 그 시절
학교 풍경이 생생하게 떠오릅니다. 곰팡내가 배어 있던
도서실도 있었죠. 닥치는 대로 책을 꺼내 들고, 어떤
이야기가 있는지 전부 읽어 보려던 기억이 납니다.

학예회와 운동회도 있었지요. 아이들보다 어른들이 더
신이 나서 응원을 해 주었죠.

제가 가장 잊을 수 없는 것은 6학년 때 롯코산으로
소풍을 갔던 기억입니다. 5월이었는데도 산 정상에는
굵은 설탕 알갱이 같은 눈이 녹지 않고 남아 있더라고요.
늘 올려다보기만 하던 롯코산 꼭대기에 마침내 올라섰을
때의 성취감은 지금도 생생합니다.

그 뒤로 정말 많은 시간이 흘렀습니다. 눈 깜짝할 사이였지요. 저는 4월생이라 동급생들 중에 먼저 일흔을 맞이했습니다.° 그 시절 함께했던 동급생들과는 지금도 좋은 인연을 이어가고 있습니다. 요즘 세상답게 우리도 그룹 채팅방을 만들어 소식을 주고받고 있죠.

"어째 지내노?"

제가 쓰는 말은 언제나 카미고 사투리라서, 한자로는 쓰지 못하고 히라가나로 가득한 길고 긴 문장이 되어 버립니다. 그래도 고향 말로 이야기하면 금세 손등으로 콧물을 훔쳐 옷에 쓱쓱 닦으며 놀던 흙투성이 어린 시절의 우리로 돌아갈 수 있으니 참 신기하죠.

친구들이 있어 고맙습니다. 카미고 사투리가 있어 고맙습니다.

아, 그러네요. 저는 아직도 카미고 초등학교 교가를 부를 수 있습니다. 제가 가장 좋아하는 부분은 여기입니다.

○   일본은 입학 대상 생년 범위가 전년도 4월 2일생부터 해당 연도 4월 1일 생까지다.

롯코산 아침 바람에 힘차게 우는 말의 기세
우리도 굴하지 않고 일어나 살기 좋은 일본을 만들자

우리는 초등학교 시절부터 살기 좋은 일본을 만들자고
노래했습니다. 자기 행복만을 좇아서는 안 되며, 모두가
함께 행복해야 한다고 배웠지요. 나아가 국가의 행복을
만들어 가자고 노래한 교가는 지금 생각해도 참으로
깊은 뜻이 담긴 노래였습니다. 저는 이 교가를 여전히
자랑스럽게 생각합니다.

카미고에서 태어나고, 카미고의 사랑을 받으며 자란
것. 그 사실이 얼마나 감사한 일인지요. 바람과 빛과 초록,
그리고 공기 하나까지도 얼마나 소중한지 어린 시절에는
너무도 당연해 미처 알지 못했습니다. 지금에 와서야
비로소 깨닫습니다.

소중한 것들의 한가운데에는 언제나 카미고
초등학교가 있었습니다.

카미고 초등학교, 창립 150주년을 진심으로
축하합니다. 그리고 감사합니다.

어릴 적에는 구멍 파는 데 푹 빠졌더랬지요.
파고 또 파면, 지구 반대편까지 닿을 수 있다고
진심으로 믿었거든요.
하지만 우리 집은 바로 옆에 강이 있어서
땅을 파면 커다란 돌들이 여기저기서 나왔어요.
이래서는 반대편까지 도저히 닿지 못하겠네⋯⋯.
나는 줄곧 발밑을 파는 걸 좋아했더랍니다.

인생이라안, 신기하안 것이로군요오. 오늘은 아침부터 머릿속에 미소라 히바리의 노래가 맴돌았다.

노래 한 소절이 떠오르면 그 부분만 끝도 없이 반복되어 도무지 멈출 수가 없다. 그래서 젊을 때는 정말 난감했다.

지금도 기억나는 일이 있는데 고등학교 기말시험 때였다. "성문 앞 우물 곁에 서 있는 보리수~" 이 소절이 문득 머리에 떠올라 순간 불길한 예감이 스쳤다. 예감은 적중했다. 시험을 보는 내내 이 노래가 머릿속에서 끝없이 흘러나온 것이다. 덕분에 나는 성문 앞 우물 곁에 서 있는 보리수 그늘에서 인수분해를 하고 현대문 독해를 하는 처지가 되어 버렸다. 제발 그만하라고 눈물로 애원해도 머릿속 노래는 멈추지 않았다. 5교시, 시험이 다 끝난 후에나 멈추었다.

방도를 찾고 싶지만 누구에게 털어놓을 수도 없고, 그렇다고 자주 일어나는 일도 아니어서 '뭐 괜찮겠지' 하며 지내다 보니 오늘에 이르렀다.

어릴 때, 인형극「느닷없는 표주박섬」°을 무척 좋아했다. 자랑은 아니지만, 그 섬에서 나온 노래들을 지금도 거의 기억한다. 시니컬한 텐다가 입으로 불던 휘파람 소리도 흉내 낼 수 있다. 지갑 속 동전을 셀 때면 나도 모르게 "1가바, 2가바스, 3가바스" 하고 중얼거린다. 뇌가 말랑말랑하던 시절에 본 텔레비전의 힘은 참으로 절대적이다.

「느닷없는 표주박섬」이 방영된 건 내가 초등학교 4학년 때, 공교롭게도 도쿄 올림픽이 열리던 해였다. 집 주변은 아직 포장이 안 돼 군데군데 움푹 팬 흙길이었고, 비가 오면 웅덩이에 파란 하늘이 비쳐 반짝였다. 초등학생이던 나는 하루

° 일본 NHK에서 1964~1969년 방영된 어린이 인형극.

가 끝도 없이 길게 느껴져서, 도대체 언제쯤 어른이 될 수 있을까 조바심 내며 울었던 적도 있다.

　그로부터 50년이 지났다. 내 마음속의 '돈 가바쵸'°°를 그리워하며 에세이를 쓰게 될 줄은 꿈에도 몰랐다. 인생이라안, 신기하안 것이로군요오.

°° 낙천적인 성격을 가진 「느닷없는 표주박섬」의 지도자.

아쿠타가와 류노스케의 〈고구마죽〉이라는 단편소
설이 있다. 고구마죽을 실컷 먹는 것이 소원인 남
자가 그 바람이 이루어지고 나니 오히려 말로 다할
수 없는 허무에 사로잡힌다는 이야기다.

　아쿠타가와상을 받고 한바탕 떠들썩하던 시간
이 지난 뒤의 내 마음도 그 〈고구마죽〉의 남자와
비슷했다.

　나는 남편의 너무 이른 죽음을 겪었다. 남편은
내게 혼자의 시간을 남겨 주었고 나는 결코 헛되이
보내지 않으리라 다짐했다. '그렇다면 어릴 적 품
었던 꿈을 이루자.' 상실로 인한 공허를 마음속에서
다른 에너지로 바꾸어, 나는 무모할 만큼 몰아붙이

며 살았다. 포기하는 것은 생각해 본 적도 없었다. 언제나 가슴을 쥐어짜는 듯한 갈망이 있었다. 10년이 지나서야 내 싸움은 끝났다. 꿈은 뜻밖의 모습으로 이루어졌고, 깊고 고요한 만족이 찾아왔다.

그러자 나를 몰아붙이던, 이를 갈게 만들던 그 강렬한 감정이 사라졌다. 머리로는 하고 싶은 일이 남아 있는데 가슴이 움직이지 않았다. 껍데기처럼 텅 빈 내가 되어 어떻게 달래고 다뤄야 할지 알 수 없었다.

그즈음 몸에도 변화가 왔다. 발이 차고 굳어서 마음대로 움직일 수 없어진 것이다. 어제까지 당연히 했던 일을 오늘은 할 수 없었다. 아찔해졌다. 먼 미래라 여겼던 노년이 어느새 코앞에 와 있었다.

이런 상태가 계속된다면 5년 뒤는커녕 2~3년 뒤의 내 모습조차 상상하기 어려웠다. 혹시 누워 지내게 되는 건 아닐까. 몸이 줄어들고 기운이 쇠해 가는 나날 속에서 말을 듣지 않는 다리를 끌며 그래도 살아갈 의미가 있을까, 막막한 물음이 고개를 들었다. 남들에게 비참한 모습을 보이기 싫어 집 안에 틀어박혀 지냈다. 그렇다고 마냥 손 놓고 있었던 것은 아니다. 정형외과며 한의원이며 병원에도 다니고, 산소탕까지 생각나는 대로 다양한 방법을 시도해 보았다. 하지만 뚜렷한 성과는 얻지 못했다.

그런 상태가 반년쯤 이어지자 나도 좀 진정되었다. 아니, 이 상태를 받아들일 수밖에 없구나 싶었달까. 그러면서도 마음 한구석에선 참 절묘하다는 생각에 감탄하기도 했다.

나를 몰아세우던 슬픔이 어느새 부드러운 슬픔으로 변하자 더 이상 나를 재촉하지 않았다. 어쩌면 나는, 자신을 다시 흔들어 깨우기 위한 새로운 과제를 바라고 있었던 건 아닐까. 그때 불현듯 찾아온 이 다리의 이상. 그건 아마도 우연이 아니었을 것이다.

어떻게 말하면 좋을까. 나는 괴로운 일을 마주할 때마다 그 괴로움 속에서 의미를 찾는다. 그리고 그 의미를 찾고 나면 이 괴로움도 결국 내게 필요한 것이었구나 하고 스스로 납득하며 맞선다.

인간의 지혜로는 도무지 헤아릴 수 없는, 어떤 섭리 같은 것이 있다. 그 섭리가 나를 이끌어갈 때면 나는 그 부름에 온몸으로 응하고 싶어진다. 어쩌면 미숙하다고 할지도 모르지만 그건 오래전부터 내 안에 자리한 생각의 방식이다. 나는 지금까지 줄곧 그 믿음대로 살아왔다.

다리를 바라본다. 발을 문지른다. 너무도 당연하게 여겨 거들떠보지도 않았던 손, 발, 내 몸을 이제야 정면으로 마주해야겠다는 마음이 든다. 지금까지 살아온 세월을 생각하면 자신의 수족에조차 애틋함이 밀려오는 법이다. 열심히 살아왔구나, 하고 다독여주고 싶다.

음악에 맞춰 더듬더듬 발을 내디디면 그것만으로도 몸이 기뻐하는 게 느껴진다. 인간은 동물이다. 움직여야 비로소 살아 있다는 느낌이 든다. 이제 나는 몸이 기뻐하는 일만 하자고 마음먹었다. 언제까지 움직일 수 있을지 모르지만, 지금은 그저 몸을 움직이며 그 작은 기쁨에 귀를 기울여야지. 나라는 자연으로 돌아가야지. 나는 지금 그런 시기를 맞이하고 있다. 줄곧 마음이 주인이고 몸은 한낱 부속물인 듯 무시해 온 내게는 새로운 발견이었다.

장마 중에 잠시 날이 개어 오랜만에 산에 올랐다. 산이라고 해 봤자 집에서 차로 15분쯤 가면 있는 낮은 언덕 같은 곳이다. 넘어지지 않게 양손에 지팡이를 잡고, 젊을 때보다 몇 곱절이나 더 많은 시간을 들여 천천히 걸어 올랐다.

풀냄새와 새소리, 발끝에 밟히는 흙의 부드러움이 스며들 듯 다가왔다. 그 순간 비로소 '아, 지금 살아 있구나' 하는 실감이 났다. 앞날을 걱정하거나 고민하지도 않았다. 돌아가야 할 곳으로 돌아간다는 것. 그저 자신을 기쁘게 하겠다는 마음에 귀를 기울였다.

그로 인해 마음속에서 일어난 변화를 나는 온전히 써 보고 싶다. 그렇다. 처음부터 알고 싶고, 또 알고 있던 것을 기록하려는 마음, 그것이야말로 내 안의 근원적인 갈망이었을 것이다. 한 번 더 해 보자. 그저 나 자신을 기쁘게 하기 위해서만.

초
심

흐린 하늘, 흐린 하늘, 흐린 하늘. 하지만 그런 하늘에도 한 줄기 빛이 스며들 때가 있습니다. 어두운 그림 속에 한 가닥 붉은색. 살다 보면 좋은 일도 가끔은 있는 법이지요.

지금으로부터 54년 전, 10월의 맑은 하늘 아래 열린 도쿄 올림픽. 두 눈을 감으면 아직도 선명히 그려집니다. 소비에트의 역도 영웅, 그 이름도 자보틴스키. 국기를 어린이 점심 세트의 조그마한 깃발처럼 가볍게 한 손에 들고 입장하던 그. 금발에 파란 눈을 가진 베라 차슬라프스카는 얼마나 아름다웠던지요. 높이 울려 퍼지는 팡파르를 들으며 도쿄 너머에도 세상이 펼쳐져 있음을 실감했습니다.

도호쿠의 시골 마을에 살던 덩치 큰 계집애는 그때 처음으로 세상을 알았지요. 한심하게도. 곰팡내 나는 어두운 도서실에서 언젠가 이 책장 한구석에 내가 쓴 책이 꽂혀 있으면 좋겠다고 생각했습니다. 괴로울 때도…… 아아, 왜 이러지요.

지금, 머릿속의 주민들이 결계를 깨고 현실로 흘러나오려 하고 있습니다. 단 한마디만이라도 하게 해 달라며, 마치 운하의 물살이 터져 나오듯 노도처럼 밀려옵니다.

잘했데이, 잘했데이, 참말로 잘했데이.

내가 그때 그랬제, 빤스를 전당포에 맡기더라도

니는 꼭 대학 보내준다꼬 맞재.

그라고도 세월이 마이 흘렀다, 참말로.

인생이란 기 관짝에 한 발 넣을 때까지 모르는 기라.

한 발은 고사하고, 어깨까지 다 넣고 열까지 시아리기

전에는 모르는 기라.

아이고, 니는 덩치만 큰 아가 아이라고 처음부터

생각했데이.

고맙다, 고맙다.

산신령님, 마을 신령님,

지켜봐 주신 게

그게 나였데이.

아프다, 아이고 아프다.

할 수 없지, 될 대로 되겠지.

어째야 되노, 그래, 뭐 어째 되겠지.

기다리라, 곧 웃을 날 올 끼다.

둥둥둥, 쨍쨍쨍쨍, 사는 기 즐거울 때도 있고 고생스러블

때도 있지.

에이, 고마해라. 시끄럽다.

하·우·스, 하우스라꼬.

아아, 머릿속의 작은 주민들이 어깨를 나란히 하고 발을 맞
추며 삼삼오오 흩어집니다.

이제야 간신히 고요해졌습니다.

생각해 보면, 그 도쿄 올림픽(1964년)에서 이번 도쿄 올림
픽(2021년)까지 참 많은 시간이 흘렀네요. 소녀였던 나는 이
제 머리칼에 흰빛이 섞였습니다.

이웃집에 가서 전화기를 빌려 쓰던 시절이 있었는데, 어느새 휴대전화와 스마트폰이 일상이 되었습니다. 세월의 변화를 실감하지만 사람의 마음은 의외로 변하지 않았습니다. 앞으로도 그러길 바랍니다.

가끔 머릿속 깊은 곳에서 조용히 흘러나오는 소리에 귀를 기울이면 예전에 분명히 살아 있던 사람들의 목소리가 들려오는 것 같습니다. 그 마음을 다시 불러내는 일, 어쩌면 그게 지금 내가 하고 싶은 일일지도 모르겠습니다. 아직도 배우는 중인 사람, 천천히 앞으로 나아가겠습니다.

등산을 좋아하던 남편이 곧잘 말했습니다.

한 걸음 앞으로 나아가면,

한 걸음 정상에 가까워지는 거야.

한 숟가락의 카레에서

63년을 살아오는 동안 나는 과연 카레를 몇 끼나 먹었을까.

인생의 쓴맛도 단맛도 다 아는 체하며 고생 좀 해 본 사람인 양 굴고 싶을 때도 있지만, 사실은 그렇지 않다. 나는 평생을 전업주부로 살아왔다. 그래도 나름대로 카레를 맛있게 만드는 법, 저렴하게 사서 간단하게 조리하고 재빨리 뒷정리하는 법 정도는 알고 있다. 흔한 레시피나 잡다한 지식도 마음만 먹으면 얼마든지 늘어놓을 수 있다. 주부력 운운하며 살아온 나니까, 일단은 그럴싸한 허세를 부리는 것도 가능하다.

하지만 카레, 카레, 카레, 세 번을 입속에서 굴리

면 내 마음은 곧장 쇼와 30년대°의 그리운 우리 집 풍경으로 이어진다.

그 시절 우리 가족은 조부모, 부모, 나를 포함한 삼 남매, 거기에 미혼인 고모가 있었다. 밥은 「사자에 씨」°°네처럼 밥상에서 먹었다. 밥때가 되면 방구석에 세워 둔 밥상을 떼구루루 굴려서 밥 먹는 곳으로 이동, 상다리를 내리고 평평하게 펴서 상을 닦는다. 그다음 가족 여덟 명이 동그랗게 앉아서 밥을 먹었다. 그날의 메뉴가 카레일 때는 이제나저제나 기다리다, 하얀 접시에 담긴 카레를 언니 접시와 비교하면서 먹었다.

고작 먹는 것 가지고 왜 그렇게 싸웠는지. 심지어 우리 집에서는 양갱 선물이 들어오면 자를 들고 공평하게 나누었다. 나누는 것은 언제나 언니의 역할. 그런데 그럴 때마다 아버지는 웃고 있었다. 그 웃음의 의미를 깨닫고 나면 '당했구나' 하는 기분이 들었다. 웬걸, 언니는 칼을 비스듬히 대어 양갱을

° 1950년대 후반에서 1960년대 초반.

°° 1969년부터 TV에서 방영 중인 일본의 가족 일상 애니메이션.

사다리꼴로 자른 것이다. 나는 어떻게든 세 갈래로 땋은 언니의 머리를 잡아당기려고 밥상 주위를 빙빙 돌았다.

카레는 요즘 것과 달리 제법 노란빛을 띠었다. 그 시절에 카레 루가 있었는지는 모르겠다. 엄마는 카레 가루를 넣고, 마지막에 물에 푼 밀가루(우동가루라고 불렀다)를 넣어 걸쭉함을 냈던 것 같다. 고기는 아주 조금, 육수를 내기 위해 넣는 거나 다름없었다. 지금 생각해 보면 참으로 소박한 카레였다. 그래도 정말 맛있었다.

숟가락으로 먹는('스푼'이 아니라, 어디까지나 '숟가락') 그 분위기가 좋았던지도 모른다. 아니면 유리컵에 담긴 물 때문이었을까. '양식'이라는 것 자체가 동경의 대상이었다.

그 시절 밥상 반찬은 생선구이에 채소 무침, 된장국, 채소 절임, 그리고 산채 요리 정도였다. 경사스러운 날에는 으레 떡을 돌렸는데, 팥떡, 호두떡, 깨떡 같은 달콤한 떡이 빠지지 않았다. 거기에 채소 조림까지 곁들이는 것이 우리 동네의 전통식이었다. 그래서 기름이 번들거리는 음식은 그 자체로 색다르게 느껴졌다. 냄새며 분위기까지, 어쩐지 잔칫날처럼 들뜬 기분이 들었다.

거창스럽게 말하자면 카레는 일본인의 식탁을 서양식으로 바꾼 선구자가 아니었을까. 거기에다 크로켓의 역할은 컸다고 생각한다.

그 무렵, 삼십 대 후반이었던 엄마는 부인회 활동을 열심히 했다. 생활 개선인가 하는 것에 적극적으로 참여한 덕분에 크로켓이나 감자샐러드, 스파게티 같은 음식을 자주 만들어 주었다. 할머니는 그런 서양 음식을 곱게 여기지 않아서 스파게티를 '슷파게'라고 했다. 지금도 파스타 요리를 보면 나도 모르게 머릿속에서 '아, 슷파게'로 바뀌고, 외로웠을 그 시절 할머니의 정수리를 떠올리며 코끝이 살짝 찡해지기까지 한다.

엄마가 만들어 준 양식 요리 가운데 지금도 종종 생각나는 건 버터크림 케이크다. 오븐이 없던 시절, 빵을 어떻게 구웠을까. 아득한 기억을 더듬어 보면, '문화 냄비'라 불리던 두꺼운 냄비의 뚜껑을 뒤집어, 그 위에 반죽을 붓고 아주 약한 불에 익혔던 것 같다. 거칠게 구워진 빵 위에는 손 거품기로 힘껏 저어 낸 새하얀 버터크림을 바르고, 식용 색소를 넣은 장미 모양 크림을 여기저기 얹었다. 잎사귀 대신 안젤리카 허브를 곁들이고, 마지막엔 설탕과 녹말을 섞어 만든 은빛 아라잔을 흩뿌린 케이크는 보기만 해도 근사했다. 그렇게 공들여 만든 케이크는 맛도 남달라서, 지금도 언니와 종종 다시 먹어보고 싶다는 얘기를 한다.

지금은 상상하기 힘든 그 시절 풍경도 떠오른다. 바나나는 워낙 귀해서 감기에 걸렸을 때 조금씩 맛보는 게 고작이었다. 지금도 잊히지 않는 건, 병원 원장 딸이던 A가 운동회 날 바나나를 들고 왔을 때 모두가 넋을 잃고 바라보던 장면이다. 심지어 버려진 바나나 껍질을 둘러싸고 냄새를 맡을 정도였으니, 생각할수록 웃긴다. 돌이켜 보면 우리는 참 순수하고 소박한 아이들이었다. 꾸밀 줄도 모른 채 살아가던 시절이었다.

초등학교 4, 5학년 무렵부터는 학교 급식이 시작되면서 양식이 급속도로 늘어났다. 그즈음에 '숟가락'이라는 말 대신 '스푼'을 쓴다는 걸 자연스레 알게 되었고, 포크처럼 끝이 갈라진 스푼으로 웬만한 건 다 먹을 수 있었다. 메뉴에는 '카레 스튜'라는 것도 있었는데, 밥에 얹어 먹는 카레보다 훨씬 걸쭉했다. 처음엔 함께 나오는 빵이 어울리지 않을 거라 생각했지만 수프에 적셔 먹으니 의외로 맛있다는 사실도 그때 알았다.

그 시절 급식의 인기는 정말 대단했다. 감기로 학교를 쉬는 아이들조차 점심만큼은 꼭 학교에 와서 먹고 갔다. 선생님도 그걸 대수롭지 않게 여겨, "다 먹었으면 이제 집에 가서 푹 자" 하고 웃곤 했다. 지금 생각하면 참으로 한가롭고 평화로운 시절이었다.

우리 학교는 도호쿠의 작은 시골 마을에 있었지만 광산이 있어서 매년 두세 명씩 전학생이 왔다. 멀리 규슈에서 온 아이도 있었고, 도쿄에서 전학해 온 아이도 있었다. 서로 다른 사투리가 뒤섞여 놀다 보면, 어느새 다들 도호쿠 사투리를 쓰고 있는 모습이 재미있었다.

지금도 잊히지 않는 기억이 있다. 규슈에서 전학 온 아이가 국어 시간에 〈장갑〉이란 수필을 읽을 때, 규슈 사투리로 낮에 눈이 오는 게 신기하다고 말했다. 그러자 "머라카노, 바보 아이가, 눈은 아무 때나 내리는 기라" 하고 거칠게 받아치는 동네 아이들. 그 아이는 "아녀, 낮에 무슨 눈이 오능겨" 하면서 눈물까지 글썽거려 사태가 수습되지 않았다. 그때 "겨울이 오면 알게 돼"라고 또박또박 말한 건, 반에서 성격이 가장 좋던 T였다. 그 아이는 안타깝게도 작년에 세상을 떠났지만 그 장면만큼은 아직도 선명하다.

눈망울을 반짝이던 규슈 아이는 눈이 내릴 무렵엔 제법 유창하게 도호쿠 사투리를 쓰게 되었고, 몇 년 후 다시 전학을 갔다. 지금쯤 어디서 어떻게 지내고 있을까, 문득 생각날 때가 있다.

한 숟가락의 카레에서 시작한 이야기가 엉뚱하게 흘러갔네. 그러고 보니 카레를 직접 만들어 먹은 지 꽤 오래됐다. 카레는 만든 다음 날이 가장 맛있다는 걸 알면서도, 지금 딸과 둘이 먹는 식탁에선 다음 날을 넘겨 3일, 4일이 걸려도 다 먹질 못한다. 그래서 카레가 먹고 싶을 때면 나도 모르게 레토르트 제품에 손이 간다. 물론 편리하긴 하지만, 거기엔 집에서 만든 카레의 그 벅찬 만족감은 없다. 카레는 어느새 서둘러 끼니를 때울 때 찾는 간편한 음식이 되어 버렸다.

어쩔 수 없다. 가족의 형태가 달라졌는걸.

시대가 변하면서 어느새 핵가족이 주류가 되었고, 이제는 1인 가구가 점점 늘고 있다. 나도 언젠가 딸이 결혼하면 홀로 남아 독거노인이 되겠지. 머지않아 그런 날이 올 것이다.

맛있는 건 혼자 먹어도 맛있다고 스스로를 달래 보지만, 예전의 왁자지껄하던 식탁을 기억하는 사람에게는 어쩐지 쓸쓸하고 적막한 마음이 드는 것도 사실이다. 그렇다고 마냥 비관만 하고 있을 수도 없는 노릇.

나라고 늘 혼자나 둘뿐인 외로운 식탁을 마주하는 건 아니다. 동료들과 함께 밥을 짓기도 하고, 각자 반찬을 가져와 왁자지껄하게 식사할 때도 있다. 이제는 가족이라는 틀에 얽매이지 않아도 괜찮다. 어제의 상식이 오늘의 상식일 수는 없는 법이다. 혼자일 때든 여럿과 함께일 때든, 결국 중요한 건 그 속에서 내가 어떻게 살아가느냐 하는 문제다.

곧 첫 손주가 태어난다. 그 아이가 별 탈 없이 살아간다면 언젠가 2100년이라는 해를 맞이하겠지. 손주가 살아갈 시대가 문득 궁금해진다. 그땐 누구와 어떤 식탁을 마주하게 될까. 사람과 사람의 유대는 또 어떻게 달라질까. 지금의 가족은 어떤 모습으로 남아 있을까. 유사 가족이나 확대가족 같은 형태일까, 아니면 그 모든 관계에서 완전히 자유로워질까. 사람은 어떻게 행복을 찾을까. 생각할수록 흥미롭다.

자기 관찰 일기

사람에게는 저마다 자신만의 독특한 고집이라는 게 있지 않을까. 남들은 별로 신경 쓰지 않는 사소한 일에 자꾸 마음이 쓰여, 기어이 끝을 보는 그런 것 말이다. 나에게는 무언가를 집요하게 파고드는 탐색 기질이 그랬다.

요즘도 초등학교에서 나팔꽃 관찰 일기 같은 걸 하는지 모르겠다. 나는 그 방식을 빌려 자기 관찰 일기를 쓰는 걸 좋아한다. 그럴듯하게 말하자면 자기 분석벽, 그리고 그렇게 알게 된 것을 우스갯소리로 풀어내고 싶어 하는 자기 과시벽이라고 할 수 있다. 이 두 가지는 아마도 어린 시절부터 내 안에 둥지를 튼 두 마리 벌레일 것이다.

그래서 이런저런 관찰을 하고 있으면 마음이라는 게 터무니없이 수다스러워서 별로 중요하지 않은 이야기들을 끝도 없이 늘어놓는다. 이 얘기인가 싶으면 금세 딴소리로 옮겨가고, 멈추지도 않는다. 내 머릿속은 마치 고장 난 라디오 같다. 고장 난 라디오는 소리라도 나지 않지, 어릴 적의 나는 이런 식이었다. '재미있네' 하고 느끼다가도, '나만 이런 건가, 다른 사람도 그런 걸까' 하고 궁금해했다.

막상 주위를 둘러보면 그곳은 쇼와 30~40년대° 풍경이 그대로 남은 시골 마을. 학원은 있을 리 없고, 경쟁이라 해 봐야 운동회의 달리기 정도였다. 그런 복잡한 이야기가 끼어들 틈이 없었다. 와— 하고 노는 소리에 휩쓸리기 일쑤였고, 그렇게 나는 배꼽 빠지게 웃으며 자랐다. 원래가 낙천적이고 느긋한 데다 얼결에 분위기 타는 성격이었다.

그래도 책 읽는 건 좋아했다. 조용한 도서실에서 '저 책장에 내가 쓴 책이 꽂혀 있으면 얼마나 좋을까' 생각했던 건 지금도 선명하게 기억난다. '책을 쓰는 사람'은 그때부터 내게

° 1950년대 중반부터 1970년대 중반까지.

반짝반짝 빛나는 목표였다. 그걸로 생활할 수 있는지는 생각해 보지 않았지만, 고등학생 때부터는 고향에서 국어 선생님이 되고 싶다는 구체적인 꿈으로 바뀌었다. 하지만 교사 임용 시험을 몇 번이나 쳐도 번번이 떨어졌다. 내가 그렸던 꿈은 그렇게 내게서 멀어져 갔다.

당연히 그 시절의 '자기 관찰 일기'는 어둡고 우울했다. 지금 돌이켜 보면, 눈을 질끈 감고 코를 꽉 잡고 훌쩍 건너뛰어 버리고 싶은 시간이다. 도저히 그립다고는 말할 수 없다.

그래도 그 뒤 좋은 사람을 만나 결혼했다. 열등감 덩어리였던 내가 있는 그대로의 나를 인정하며 살아갈 수 있게 된 건 남편의 힘이 컸다. 그의 곁에서 본래 낙천적이고 분위기 타는 성격이 다시 고개를 들었고, 우리는 함께 가정을 지켜내기 위해 애썼다.

그렇게 눈 깜박할 사이에 10년이 흘렀다. 그 무렵 나는 여전히 가정의 행복에 취해 있었지만, 마음 한구석에서는 어딘가 시시하고, 무언가 부족하다고 느끼고 있었다. 그러나 그 마음을 입 밖에 내는 것이 두려웠다. 말로 내뱉는 순간, 그건 현실이 되어 버리니까. 여기서 더 나아가면 위험하다는 신호가 노란불처럼 켜지면, 더는 문제 삼지 않고 슬쩍 넘긴 적도 있다. 참 비겁하다. 마음이란 의외로 보수적이라, 웬만하면 문제를 만들지 않으려는 성질이 있다.

그렇게 나는 마음속에서 들려오는 수많은 목소리를 억누르고, 그중에서도 내게 유리한 말만 앞세우며 살아왔다. 사람들에게 얕보이지 않도록, 좋은 사람으로 보여지도록 겉으로는 무장을 하고, 속마음은 겹겹이 싸서 숨기다 보니 정작 내 마음이 어떤 모양이었는지 보이지 않게 되었다. 이제는 천진하게 '재밌다'고 말하며 넘어갈 수 없다는 것을 알았지만, 그럼에도 나는 늘 내 마음을 탐색하고 있다는 이유로 자신을 용서하기도 했다. 가정이라는 좁은 세계 안에 있지만 부엌에서도 세상은 보인다고 허세를 부리며, 어떻게든 마음의 균형을 잡으려 애쓰던 시절이 있었다.

지금 생각해 보면 나는 그저 얄팍하고 편한 대로만 내 마음의 밭을 일구고 있었을 뿐이다.

사람은 위기에 부딪히고 나서야 생각하기 시작하는 게 아닐까. 지금까지의 자신으로는 도저히 감당할 수 없는 일에 맞닥뜨리는 순간, 머리에 불이 붙은 듯 생각이 솟구친다. 내 경우에는 남편의 죽음이 그러했다. 절망과 고독을 마주하자 이윽고 그 속에서 발견한 것을 어떻게든 소설로 써야겠다고 마음먹었다. 어릴 때부터 늘 바탕음처럼 마음속에 '소설을 써야 한다'는 생각을 품고 있었지만, 정작 내가 무엇을 써야 하는지는 몰랐다. 그러던 어느 날, 마음속에 흩어져 있던 생각들이 하나의 선으로 이어지는 순간이 찾아온 것이다. 그때는 이 소설을 쓰지 않으면 죽어도 눈을 감을 수 없을 것 같았다. 나의 사명이다. 나는 이 일을 하기 위해 살아온 것이다. 단단히 마음을 다잡았다.

두세 편의 예행연습 같은 글을 거쳐, 《나는 나대로 혼자서 간다》를 쓰기 시작한 건 예순이 지나서였다. 남편이 세상을 떠난 지 다섯 해가 지난 시점이었다. 시기적으로도, 나를 충분히 객관적으로 바라볼 수 있었다는 점에서 좋았다. 그렇게 쓴 작품을 뜻밖에도 많은 분들이 읽어 주신 것은 정말로 가슴 벅찬 일이었다. 이제 와서 내가 이 작품의 주제니 의도니 하고 덧붙이는 건 불필요할지도 모른다. 모모코 씨는 이미 내

손을 떠났다. 읽어 주신 분들이 저마다 나름대로 모모코 씨를 느껴 주시면 그것으로 충분하다.

이제는 다음 작품을 시작해야 한다고 생각하면서도 한동안 멈춰 있었다. "두 번째 작품을 기다리고 있습니다"라는 말을 여러 사람에게 들었지만, 마음속에 쌓인 것은 이미 다 쏟아 낸 듯하고, 실제로 내가 품었던 절실한 감정은 이제 없다. 그렇지만 여전히 또렷하게 남아 있는 것은 머리가 지끈거릴 만큼 찾고 찾던 단어를 발견해 한 단어, 한 문장을 완성해 나갈 때의 기쁨이다. 마침내 돌파구를 찾아냈을 때, "됐다!" 하고 외치며 팔짝 뛰고 싶었던 느낌이다. 그리고 조금씩 써 내려간 문장이 쌓여 갈 때 느껴지는 말로 다 할 수 없는 충실감이랄까. 다시 한 번, 아니 욕심 많은 나로서는 몇 번이고 그 느낌을 음미하고 싶다.

이제는 남들의 평가에 신경 쓰지 않고 내가 좋아하는 것을 마음껏 자유롭게 써 나가자고 생각하니, 요즘 들어 마음이 한결 가벼워졌다.

내가 쓰고 싶은 것은 역시 기묘하고 불가사의한 '마음'이라는 것의 존재 방식이다. 간사하면서도 강인하고, 애처로우면서도 굳센 그런 마음이 스스로 끊임없이 질문을 던지고 또 답을 찾아가며 조금씩 더 높은 곳으로 나아가는 모습을 그리고 싶다. 글을 쓰면서 늙어 가는 내 모습을 몽상한다.

자신을 꾸미지 않고,
있는 그대로 드러내되 비굴해지지 않기.

사람과 사람이
이어지는 순간

이전 작품 《나는 나대로 혼자서 간다》는 뜻밖에도 큰
반향을 얻었습니다.

"다음에는 어떤 작품을 쓰실 건가요?" "새 소설은
언제쯤 나오나요?" 어딜 가든 이런 질문을 받았습니다.
기쁘기도 했지만 동시에 점점 조바심이 생겼습니다. 수상
후 첫 작품이 가장 어렵다는 말을 종종 들었는데, 정말
그랬습니다. 아무리 거꾸로 들고 흔든다 한들 제 안에서
무엇이 더 나올 수 있을까 싶었습니다. 어린 시절 간절히
바라던 꿈이 이루어져 작가가 되긴 했지만 그다음에는
무엇을 써야 할지, 아니 그보다 앞으로 어떻게 살아가야
할지 막막했습니다. "나는 앞으로 나아갈 사람이다." 작품
속에서는 그렇게 큰소리쳤지만요. 으음.

세월은 빠르게 흘러, 눈 깜짝할 사이에 6년이

° 도호쿠 지방 사투리로 '화가 나서 속이 부글부글 끓는다'는 뜻.

지났습니다.

집필 당시 저는 간당간당하게 '아줌마'였지만, 이제는 자타가 공인하는 '할머니'가 되었습니다. 한 살부터 다섯 살까지 손주가 네 명이나 되고, 다리를 쓰지 못해 수술을 받고 재활병원에 입원하기도 했습니다.

물리치료사와 간호사들 사이에서 지내는 동안, 제 안에도 변화가 일어났습니다.

누군가에게 돌봄을 받는다는 것이 얼마나 고맙고 든든한지, 사람과 이어진다는 것이 얼마나 따뜻하고 소중한 일인지, 몸이 약해지고 나서야 겨우 깨달았답니다.

이전 작품에서는 혼자 살아가는 노년 여성의 기개를 그렸습니다만, 이번에는 방향을 바꾸어 사람과 이어지고 마음을 나누는 기쁨에 관해 써야겠다고 생각했습니다.

손주들은 별일 없다면 2100년이라는 시간을 살아가게 되겠지요. 그때의 사회가 어떤 모습이기를 바라는지 생각하면서 《캇카도루도루도》를 완성했습니다.

완성의 기쁨과 함께, 아쉬움도 남습니다.

더 좋은 소설을 쓰고 싶었는데.

이 작품을 쓰고 나서야 비로소 진짜 소설가의 출발선에 선 듯합니다.

아직 만나지 못한 제 새로운 이야기가 있음을 믿으며,
다시 한번 소설과 마주하고 싶습니다.

어릴 때, 심신이 힘들 때, 그리고 나이 들었을 때
안심하고 몸을 맡길 수 있는 시스템이 있으면 좋겠다.
그러면 사람은 아무것도 두렵지 않을 텐데.

약속을 지키다

6월 어느 날, 오랫동안 꿈꿔 왔던 가미코치로 여행을 떠났습니다.

2년에 걸쳐 집필하던 소설의 마지막 장을 마무리하고 비로소 어깨의 짐을 내려놓은 기분이었습니다. 후련한 마음으로 갓파바시에서 묘진바시까지 두 시간 남짓을 오가며 1만 5천 보를 걸었죠. 요즘 운동이 부족해 제대로 걸을 수 있을까 걱정한 게 무색하도록, 아직도 이렇게 씩씩하게 걸을 수 있다는 것이 그저 기뻤습니다. 아즈사가와강의 물속까지 비치는 투명한 물결, 나무들의 선명한 초록빛, 하늘로 치솟은 산맥, 그 모든 것이 감동, 또 감동이었습니다.

가미코치는 생전에 남편이 "언젠가 꼭 데려가 줄게"라고 약속했던 곳입니다. 그 약속을 이루지 못한 채, 작년에 13주기를 맞았습니다.

남편이 세상을 떠났을 무렵엔 이제 내게는 아무것도 남지 않았다고 생각했습니다. 내 장례식만 기다리면 될 것 같았고, 아, 그것마저도 나와는 상관없는 일이라고 여겼습니다. 죽은 사람을 두고 혼자 앞으로 나아간다는 것에 대한 미안함도 있었습니다.

하지만 시간이란 참 신기한 것입니다. 고마운 것입니다. 슬픔도, 절망도, 흐르는 시간이 조금씩 달래 주었습니다. 지금의 슬픔은 투명한 물, 아즈사가와강의 잔잔한 물결을 닮았습니다.

그리고 깨달은 것이 있습니다.

가장 소중한 사람의 죽음을 직접 겪은 뒤로, 내게는 이제 두려운 것이 없어졌습니다. 늙는 것도, 쇠약해지는 것도, 죽음조차도 더 이상 두렵지 않습니다. 헤아릴 수 없는 섭리 속에서 유한한 생명으로 살아가고 있다는 사실이 뼛속 깊이 새겨졌습니다.

세월은 가차 없지만 동시에 다정하고 따뜻한 것이네요.

이제 나는 한없이 자유롭습니다.

혼자 사는 일에도 익숙해졌습니다.

밤늦게 소리 내어 책을 읽고, 노래를 부르고, 가끔은 춤을 추기도 합니다. 음악은 그때그때 다릅니다. 재즈일 때도 있고, 쇼팽일 때도 있지요. 누가 보면 뚱뚱한 아줌마가 몸을 흔드는 모습쯤으로 보일지도 모르겠지만요. 물론 친구들과 밥을 먹고 술을 마시기도 하고, 때로는 편집자와 열띤 논쟁을 벌이기도 합니다.

이것이 나의 일상입니다. 더할 나위 없이 평범한 시간이지요.

하지만 내가 가장 좋아하는 것은 멍하니 아무 생각 없이 있을 때. 굳이 말하자면 벽 너머의 보이지 않는, 그러나 분명히 존재하는 누군가에게 말을 건넬 때입니다.

그 모든 것이 내가 살아 있음을 실감하게 해 줍니다. 소중한 시간입니다.

이렇게 시간은 흘러가고, 언젠가 가미코치 같은 대자연의 품에 안기겠지요. 그렇게 된다면 얼마나 좋을까요.

이쪽 세상과 저쪽 세상에서, 드디어 약속을 지켰다고 느낀 6월의 어느 하루였습니다.

3부

읽고 쓰며
나이 드는 삶

집에 가고 싶어

"집에 가고 싶어."

젊을 때부터 나는 이 말을 입에 달고 살았다. 혼자 아무 생각 없이 있을 때면 불쑥 이 말이 튀어나오곤 했다. 그런데 가고 싶은 '집'이란 과연 어디를 말하는 걸까. 우리 집에 있을 때도 그랬고, 고향의 본가에 머물 때도 마찬가지였다.

집이란 도대체 어디일까. 그리고 그 집을 그리워하며 이 말을 중얼대는 '나'는 누구일까. 이런 생각이 스치면 가슴이 두근거렸다. 내 버릇인 자기 탐구가 시작된 것이다. 남들이 보면 대수롭지 않게 넘길 일도, 나는 자꾸만 곱씹고 파헤치고 싶어진다. 어쩔 수 없다. 세상에는 관심이 바깥으로 향

133

하는 사람이 있는가 하면 안으로 파고드는 사람도 있다. 나는 단연코 후자다.

젊은 시절의 나는 멈춰 서서 곰곰이 생각하고 싶은데 세상이 늘 나를 내버려두지 않았다. 사물과 사건들이 나를 앞질러 흘러가 버리는 게 싫었다. 겉으로 보면 아무것도 하지 않고 멍하니 있는 사람, 아니 아무것도 '못' 하는 사람처럼 보였을 것이다. 그런 내가 사회에 잘 적응할 리 없었다. 그래서인지 아내와 부모로서의 역할을 거의 다 마치고, 허구헌 날 멍하니 공상하며 지내는 지금이 너무 좋은, 대책 없이 게으른 인간이다.

아, 어디까지 말했더라. 그래, 나는 줄곧 '집에 가고 싶어'라는 말의 의미를 찾아왔다. 그럴 듯한 답을 찾은 것은 가와이 하야오 선생님의 책을 읽고 난 뒤였다.

선생님은 이렇게 썼다. "인간은 자신이 살아 있음을 느끼기 위해, 영혼과의 끈을 놓아서는 안 된다." 선생님의 저서를 통해 알게 된 '집합적 무의식'이라는 말에도 강하게 끌렸다. 내가 떠올린 이미지는 이렇다. 누구나 마음속에 아주 가느다란 끈이 하나 있다. 그 끈을 따라가다 보면 인류가 함께 품은 어떤 생각에 닿고, 더 깊이 들어가면 영혼의 근원에 닿을 듯한 그런 것이 존재한다는 느낌이다. 나도 그 끈의 한 자락을 붙잡고 있다. 비록 도시의 한구석에서 고독하고 의지할 데 없는 나일지라도, 나는 시간과 공간 속에서 연결되어 있다는 감각을 또렷이 느낀다. 뿌리 없는 풀이 아니라는 믿음이 나를 강하게 했다.

문득 떠오른 '집에 가고 싶어'라는 말은 어쩌면 집합적 무의식이라는 거대한 의식의 바다로 돌아가고 싶은, 태아가 양수 속을 자유롭게 떠돌고 싶은 욕망이 아닐까. 그것은 죽음에 가까운 감각일까, 아니면 생(生) 이전의 감각일까. 살아 있는 나는 어떻게 하면 영혼의 근원에 가까워질 수 있을까. 지붕 위로 올라 별을 따려는 것과 같을까.

나는 1954년에 도호쿠 지방의 시골 마을에서 평범한 집안의 딸로 태어났다. 아마도 이렇게 평범한 집에서 무난히 대학에 진학한 첫 세대일 것이다. 다이쇼 시대°에 태어난 부모는 패전의 고통을 온몸으로 겪었다. 그래서였을까, 그들은 눈앞

° 1912년 중반부터 1926년 후반까지.

에 있는 것들의 가치를 알지 못했다. 그들에게는 오로지 멀리서 반짝이는 학문이야말로 자식을 행복과 번영으로 이끌어 줄 것처럼 보였다. 덕분에 나는 배움의 기쁨을 마음껏 누릴 수 있었지만, 끝내 부모의 기대에는 부응하지 못했다. 그 바람이 얼마나 절실했는지를 누구보다 잘 알았기에 오히려 나를 짓눌렀다. 심지어 나는 배움 그 자체를 의심하기 시작했다. 배우는 일이 정말 나를 행복하게 했던가. 그저 임시로 얻은 지식에 지나지 않는데, 그 안에 무언가 진짜가 있었던 걸까.

지금은 알 것 같다. 내가 거부하고 싶었던 건 학문 자체가 아니라, 그 주변에 줄줄이 붙어 있던 이해득실이었다는 걸. 그 무렵의 나는 학문만으로는 채워지지 않는, 나를 근본적으로 지탱해 줄 무언가를 찾고 있었다. 당연하다고 해야 할까, 필연이라고 해야 할까. 나는 결국 어떤 것과 마주하게 되었다. 부모 세대는 너무도 익숙해서 외면했고, 자식 세대는 학문에만 몰두하느라 눈길조차 주지 못한 것, 바로 토속성이었다. 삶에 밀착된 채 쌓여 온 기억의 층. 좀 더 분명히 말하자면 전해 내려 온 '입말'이었다.

누구에게 배운 것도 아닌데, 나는 여전히 도호쿠 사람이라는 의식이 강하다. 그 풍토 속에서 살아온 이들의, 말하자면 피에 새겨진 기억이 내게도 이어지고 있다는 뜻일 것이다. 다시 한번 내 안에 흐르는 말을 불러내고 싶어졌다. 몸을 앞뒤로 흔들며 박자를 맞춰 이야기를 나누고 싶은, 욕망이라고 부르기도 뭣한 그런 것이 나에게 있었다.

어디선가 들려오는 말의 조각들. 이것저것을 품은 그 말들이, 어쩌면 내가 돌아가고 싶어 했던 집과 나를 이어주는 끈이 아닐까.

맥락이 있는 듯 없는 듯한 생각을 멍하니 따라가다 보면 그때그때의 사소한 발견이 또 재미있어서, 모르는 사이에 시간이 훌쩍 흘러가 버린다. 문득 돌아보니 어느새 이런 나이, 하아.

소설의 신은 기다려 주었다.
참을성 있게 나를 기다려 주었다.

가장 나다운 말

당신들 내가 살던 도노는 어떤 곳인가 묻제.
그때마다 나는 눈을 똥그랗게 뜨고 생각한다.

우리 도노에는
팥떡 하고 호두떡,
빨간 순무 절임 하고 무장아찌가 억수로 맛있다.
장아찌 통에서 막 꺼낸 배추절임도 빼놓을 수 없고.
봄에는 산나물 무침,
여름에는 톡 쏘는 고추냉이 잎 맑은국,
가을에는 명태와 무를 넣은 된장국이 딱이라.
양념이 단디 밴 조림도 맛있다.
먹을거리만 있는 줄 아나.

봄이 오면 제일 먼저 어수리 잎 따러 간다.

물에 한 번 헹구고 줄기를 조물조물해서 입김을 불면

풀잎 풍선이 되는 기라.

봄이 왔나 싶지.

강가에서 솥단지 걸어 놓고 밥도 해 먹고

모내기 끝난 논두렁에는 하늘에 닿겠다 싶게 개구리가

울어댔지.

개굴개굴, 귀 기울이면 아직도 들리는 것 같데이.

푹푹 찌는 여름의 시작이었다.

근데 여름은 짧아서 오봉°이 지나면

'올해도 다 갔구나' 싶은 쓸쓸함이 밀려온다.

불꽃놀이가 슬픈 건 내만 그렇나.

가을 들판에 고개 숙인 벼 냄새, 그 달달함이 참 좋았다.

° 양력 8월 15일 전후로 일본의 명절.

추수가 끝나면 산은 붉게 물들어 그러고 좀 있으면 겨울.

잿빛 하늘에서는 첫눈이 내리고

아직 이르다고 몸을 버텨 보지만

결국 봄은 다시 찾아오더라.

처마 밑 모기떼, 흙냄새.

봄은 잊지 않고 찾아왔다.

나는 무엇보다 봄이 좋더라.

그래도 도노에서 내가 젤로 좋아한 건

우리 집 뒤 네코가와 다리 밑에서 바라보는 롯코우시산.

좋다, 참말로 좋다.

나이를 먹을수록 나는 니가 더 좋아진다.

넓고 커다란 산은 두 팔을 벌리고 기다려 준다.

내가 돌아올 곳은 여기지, 여기밖에 없지.

니가 기다려 주어서 나는 안심하고 앞으로 간다.

니가 곁에 있어 주니 나는 더 해낼 수 있을 것 같다.

도노야, 니도 힘내라. 나도 힘낼끼다.

사투리는 내게 가장 솔직한 언어입니다.
내 안의 가장 깊은 곳에서
흘러나오는 마음을 이야기할 때
가장 알맞은 말이지요.
겉모습을 꾸밀 때는 표준어를 씁니다.
멋을 부린 나입니다.
어느 지방 사투리건 저마다 맛이 있고
그곳에 살아온 사람의 체온,
삶의 냄새, 기운이 배어 있습니다.
그 땅에 이어져 온 땀과 눈물이 고스란히 녹아 있는 말.
그 사람의 '마음 가장 밑바닥'에 있는 말.

"부처님한테 문신을 새기고 칼까지 쥐여 줄 듯한 사내."

"내 목숨은 여름의 오하기°, 어차피 밤까지는 못 버티겠지."

"바다를 바라보며 자라난 사람이건만, 왠지 마음에 드는 산골 생활."

각본의 어느 페이지를 펼쳐도 맛깔나는 대사, 피식 웃다가 크게 웃고, 그러다 어느 순간 뭉클해진다. 무엇보다 이 극단의 대사 주고받음은 절묘하

○   찹쌀을 빚어 팥소를 입힌 일본식 과자, 여름철에는 쉽게 상한다.

다. 숨 고르는 부분까지 치밀하게 계산된 7·5조의 절묘한 리듬감. 그 매력에 빠져, 혼자 살면서도 주위에 아무도 없는 걸 확인하고 나서야 배우가 된 기분으로 슬쩍 대사를 읊조리고 몸짓까지 얹어 본다. 좋다. 참 좋다.

아아, 한 번쯤은 이 눈으로 보고 싶었다. 이노우에 히사시 작, 와타나베 미사코가 연기하는 1인극 「화장」.

그 무렵 나는 한창 육아 중이라 시간도 돈도 여유가 없었다. 그런데 텔레비전에서 이 작품을 보고 푹 빠져 버렸다. 대본도 몇 번이나 읽었는지 모른다. 와타나베 씨가 직접 쓴, 임장감 넘치는 각주 덕분에 주인공인 유랑극단의 여성 단장 사츠키 요코의 대사와 몸짓이 마음속에 깊이 새겨졌다.

그녀는 아이를 버린 고통을 고스란히 품고 있다. "이젠 젖이 나오지 않아." 그 말을 내뱉으며, 떠돌이 무사복 아래 드러난 허벅지를 탁 내리친다.

그 대사, 그 동작 하나에도 이 사람의 인생이 엿보인다. 연극을 사랑하며 살아온 사람, 일만 하며 세월을 보낸 사람이다. 나이 들어서도 오래전 버린 아들이 언젠가 찾아와 주기를 기다리는 마음이 남아 있다. 손자를 품에 안고 툇마루에 앉아

햇볕 아래 자장가를 부르는 꿈에 잠시 부풀었다가, 이내 스러진다. 그녀는 광기 속에서, 다시 만나지 못한 부모와 자식의 사랑을 연기했다.

그 작은 극장도 이제 곧 헐린다.

거울도 없는 분장실에서 분장하며 혼자서 여러 배역을 오가고, 연극 속에 또 연극이 있고, 반전이 있고, 웃음도 눈물도 있었다. 세월이 흐를수록 나는 이 여배우이자 단장인 사츠키 요코의 삶에 매료되었다.

사츠키 씨, 당신은 결코 불행한 사람이 아니었어요. 그저 연극을 사랑했던 사람이었죠. 그것으로 충분하지 않나요, 하고 등을 쓰다듬어 주며 함께 울고 싶은 심정.

훌륭한 연극은 천편일률적인 행복 따위는 가볍게 날려 버린다. 백 명이 있으면 백 가지 행복이 있어도 되는 법이다. 어떤 삶이든 살아 있는 한, 그 자체로 멋지고 귀하다는 사실을 일깨워 준다. 지금의 나를 인정하고 품어 주는 듯한, 그런 깊은 아량이 거기에 있다. 사츠키 요코의 대사처럼 "기세로 밀고 나가자고!" 외치며, 남은 시간을 살아내자.

그나저나, 이노우에 히사시 씨. 머리도 마음도 가장 말랑말랑하던 어린 시절, 「느닷없는 표주박섬」에서 꽉 끼는 팬티 고무줄이 살갗을 파고드는 듯한 세례를 받은 뒤로, 저는 변화무쌍하고 재미있는 당신의 말에 포로가 되었습니다. 제 정신적인 토대는 상당 부분 당신에게 빚지고 있다고 해도 과언이 아닙니다. 실례를 무릅쓰고 말씀드리자면, 저는 당신의 '딸'입니다. 부디 기분 나빠하지 말아 주세요. 단 한 번이라도 뵙고, 감사하다고 인사드리고 싶은 마음 뿐입니다. 대단하십니다. 정말 대단하십니다. 이노우에 히사시 씨…….

사람들이 "사상 최고령 문예상 수상자"라며 추켜세우니, 나도 모르게 그 분위기에 흠뻑 젖어 있었다. 요즘 세상은 무슨 일이든 효율이 우선이고, 빠르고 짧은 것을 미덕으로 여긴다. 그럼에도 '최고'라는 말이 붙으면 사람들은 묘하게 특별한 의미를 부여한다. 물론 그런 관심도 잠깐일 뿐, 금세 잊힌다. 들뜨지 말자고 스스로 다독이며, 스모 선수가 씨름판에 오르기 전 두 뺨을 탁탁 치듯 나도 내 뺨을 두드려 본다.

생각해 보자. 대부분의 사람이 정년을 맞아 비로소 느긋하게 살아볼까 하는 나이에, 예순셋에 이르러 겨우 프로 작가의 문턱에 선 나. 여기에 담긴 의미는 과연 무엇일까.

일 년에 봄·여름·가을·겨울이 있듯, 인생에도 사계가 있다.

청춘靑春은 이제 안개 너머로 멀어져 잘 보이지 않는다. 하지만 주하朱夏의 시절은 뚜렷하게 기억난다. 남편과 어린아이를 위해 매일과 같이 온 힘을 다해 살아가던 때였다. 백추白秋의 시절에는 아이가 독립하면 남편과 둘이 여유롭게 가을 햇살을 즐기리라 여겼는데, 남편이 일찍 세상을 떠났다. 지금 내가 선 이곳은 인생의 현동玄冬이다. 이제는 홀로 살아가야 한다. 나는 어떻게 될까, 노후에 관해 이런저런 생각을 하지 않을 수 없다.

젊은 시절에는 늙음이란 인생 끝자락에 붙은, 아주 조금의 덤 같은 시간일 거라고 생각했다. 그래서 나와 가장 가까운 여성인 엄마의 인생을 더듬어 본 적이 있다. 언제 결혼했고, 언제 아이가 태어났고, 언제 아이가 성인이 됐고, 결혼은, 부모 뒷바라지는, 손자의 탄생은, 이렇게 연표로 정리해 보니 엄마의 삶에서 굵직한 사건들은 거의 50대 후반에서 60대 초반 사이에 집중되어 있었다. 그 뒤로는 평온했다. 달리 말하면 한가했다. 노후란 의외로 길다는 사실에 놀랐다.

지금은 그때보다 훨씬 더 늘어나, 인생 100세 시대라 한다. 노년의 시간은 이제 어린 시절보다 훨씬 더 길어졌다. 그저 흘러가듯 늙어 갈 수만은 없다. 지금 이 시점에서 어떻게 살아갈지 생각하지 않으면 곧 감당하기 어려워질 것이다.

실제로 지금 노인의 상황은 썩 좋지 않다. 초고령화 사회라고 하며 늙는 것을 '문제'처럼 취급한다. 몸소 그런 분위기를 느끼다 보면 나도 모르게 눈치를 보고, 괜히 마음이 불편하다. 젊은 세대에게 짐이 되는 건 아닐까 싶은 생각에 오래 사는 것이 미안해지고, 혹시라도 치매가 오면 어쩌나 하는 불안에 시달린다.

늙는다는 것이 초라하고 재미없어 보여도 괜찮은 걸까. 특히 젊은 사람에게 그런 모습을 보이는 게 괜찮을까. 미래에 희망을 품을 수 없을 텐데.

나는 어찌 된 건지, 앞으로 살아갈 노후가 너무 기대된다.

남편을 잃었지만, 오히려 이제는 죽음이 불안하지 않고 궁극의 안전망처럼 느껴진다. 어떤 아픔도, 슬픔도, 결국 그곳에서 모두 거두어지기 때문이다. 영원히 이어지는 슬픔은 없다. 그렇다면 안심하고 모험해도 좋다. 적극적으로 살아도 좋다. 이제 나는 가정을 지키고 아이를 키우느라 참아 온 모든 제약에서 벗어났다.

노후의 시간은 어쩌면 어린 시절과 마찬가지로, 인생의 처음과 끝에만 허락된 자유로운 시간일지 모른다. 기꺼이 즐겨도 되고, 때로는 괴로워해도 된다. 좋고 나쁨을 가리지 않고 새로운 감정을 단 한 번이라도 맛보기 위한 시간이라고 생각해 보면 어떨까. 오히려 두려운 것은 특별한 일 하나 없이 그저 우두커니 살아가는 것이다.

절대적인 마음의 안정을 느끼며 노후를 바라본다면 그 시간은 우리를 완성으로 이끄는 '기간 한정의 풍요'처럼 느껴진다. 조금은 멋을 부린 말 같지만, 북 치고 나팔 불며 말하고 싶다. 노년기야말로 인생의 본무대라고.

젊은 시절의 크고 작은 일들은, 돌이켜 보면 일종의 데이터를 모으는 과정이었다. 그리고 지금, 노년에 이르러 그 데이터를 들여다보고 해석해 보니 '삶이란 무엇일까' 하는 질문에 답 같은 것이 조금씩 떠오른다. 그렇다고 그 과정이 언제나 즐겁기만 한 건 아니다. 나이가 든 뒤에야 간신히 긴 시간의 흐름 속에서 사물을 바라볼 수 있게 되었다. 젊은 날의 기쁨과 슬픔은 지금 생각하면 그리 대단한 일이 아니었다. 오히려 그때의 부족함과 그때의 기쁨이 있었기에 지금의 내가 있다. 그렇게 바라볼 수 있는 눈이 생겼다.

행복이니 불행이니 하는 것은 결국 인생이 지닌 색깔 같은 것이다. 그 바탕에 흐르는 강물이 나를 어디로 데려갈지, 이제는 그걸 알고 싶을 뿐이다. 해야 할 몫들을 하나둘 마치고 나서야 비로소 온전한 나를 만날 수 있었고, 이제야 정말 나답게 살아가고 있구나 싶다. 타고난 얼굴이야 어쩔 수 없지만, 살아가는 방식에 따라 나름의 멋과 맛이 배어날 수는 있다. 나도 그런 얼굴을 향해 가고 싶다.

나이 든 나를 격려하는 말 한두 마디쯤은 찾을 수 있을 것이다. 물론 그것조차 노후의 문턱에 서서 기웃거리며 내뱉는 말일 수도 있다. 너무 안이한 소리라고 생각할 수도 있지만, 어쩌면 진짜 노인의 삶이란 실제로 그 나이에 이르러 살아 보아야만 비로소 알 수 있는 일일지도 모른다.

나는 늙어 가면서도 소설을 계속 쓰고 싶다. 쓸 수밖에 없는 절실함 속에서 스스로 다독이고 때로는 꾸짖으며, 노년을 살아가는 이들을 위한 응원가 같은 이야기를 쓰고 싶다. 그 속에서 나 자신의 늙음이 지닌 의미도 찾고 싶다. 도중에 쓰러지더라도, 그건 그때의 일이다.

아, 《서민열전庶民烈伝》에 실린 단편 〈아키의 야구모 노래〉 주인공 오타미 씨, 참 좋았다. 물론 《나라야마 부시코》의 오린 할머니도 멋지다. 후카자와 시치로의 소설에는 매력적인 할머니들이 자주 등장한다. 감당하기 어려운 상황에 부닥쳤을 때조차, 마치 그것을 스스로 선택한 것처럼 정면으로 맞서는 할머니들. 부디 나도 그런 기개 있는 여자를 그리고 싶다. 기합을 넣고, 다시 한번, 짝!

젊었을 때는 누구나 서둘러 결과를 내고 싶어 합니다.
남들보다 더 빨리, 더 많이. 저도 그랬습니다.
하지만 서두르지 않아도 괜찮습니다.
세월이 쌓여야만 비로소 다가오는 깨달음이 있습니다.
시간을 들여, 경험을 거듭하며 얻은 삶의 감각은
시간을 들인 만큼의 두께와 깊이가 있습니다.
시간은 당신을 배신하지 않습니다.

아이의 시간, 노인의 시간,
사탕을 감싼 종이 같다.
양 끝에서 나풀나풀 허락된 자유의 시간.

"나는 나대로" 이전에 지금 필요한 것은 함께 살아가는 것

아사히 신문
《캇카도루도루도》
출간 인터뷰

잊을 수 없는, 노숙자 여성이 앉아 있던 벤치

이 작품 《캇카도루도루도》에는 자신의 아파트를 개방해
식사를 대접하는 요시노를 중심으로, 서로에게 기대어
살아가는 네 명의 남녀가 등장합니다. 첫 번째 인물은
배우의 꿈을 버리지 못한 채, 슈퍼마켓에서 일하다 해고된
60대 후반의 에츠코인데요. 이 인물을 보고 2020년에
실제로 있었던 사건이 떠올랐습니다. 전직 극단원이자 시식
판매원이었던 노숙자 여성, 오바야시 미사코 씨가 시부야에서
폭행을 당해 숨진 일 말입니다.

그러게요. 에츠코의 모델이 오바야시 씨였던 것은
아니지만, 그 사건은 오래도록 제 마음에 남아
있었습니다. 사건을 다룬 텔레비전 특집 프로그램이

방영되고 "그 여자는 바로 나다"라는 내용의
투서가 방송국에 쏟아졌다고 합니다. 저 또한 같은
마음이었습니다.

　젊은 시절, 고향인 이와테에서 교사를 꿈꾸며 기간제
교사로 일했습니다. 기간제 교사란, 출산 휴가나 병가로
자리를 비운 선생님을 대신해 한시적으로 일하는 사람을
말합니다. 자리가 생겨야만 일할 수 있기 때문에 기간이
종료되면 다음 일이 언제 생길지 몰랐습니다. 두 달
뒤가 될지, 여섯 달 뒤가 될지 교육청의 전화만 마냥
기다려야 했죠. 그 기간에는 무직으로, 요즘 말로 하자면
'백수'이자 '은둔형 외톨이'였습니다. 그런 생활을 오 년쯤
이어가다가 결국 포기하고, 그 다음에는 각본가를 꿈꾸며
도쿄에 있던 언니를 의지해 상경했답니다.

　학원 아르바이트로 겨우 끼니를 이어가던
시절이었는데, 그때 마침 아버지한테 맞선을 보라고
연락이 왔어요. 그 인연으로 결혼하게 되었죠. 만약 그때
꿈을 포기하지 않고 계속 좇았다면, 저 역시 그녀와 같은
처지에 놓였을지도 모릅니다. 그래서였을까요, 그녀의
아픔이 유난히 가슴에 와닿았습니다.

　방송에서 잊히지 않는 장면은, 그녀가 앉아 있었다는

버스 정류장의 긴 벤치였어요. 좁은 나무판 두 장을 걸쳐
놓은 듯한 길고 불편한 의자. 틈이 벌어져 있어 제대로
눕지도, 몸을 기댈 수도 없게 되어 있었습니다. 그녀는
이곳에 있었구나, 그렇게 생각하니 가슴이 미어졌습니다.
사람이란 한 번 의지할 곳을 잃으면 와르르 무너져 더는
떨어질 데가 없을 때까지 추락하더군요.

그리고 이제 그것은 그 여성만의 이야기가 아닙니다.
이 소설에는 노숙 상태에서 죽고 싶어 하는 스무 살 남성,
다모츠가 등장합니다. 그가 앉은 벤치는, 바로 오바야시
미사코 씨가 앉아 있던 그 벤치와 비슷합니다.

22세기에 살아갈 손주들에게

에츠코와 다모츠 외에도, 파트타임으로 일하며 시어머니를
간병하는 68세의 요시에, 비정규직 일을 전전하는 40대 리에
등, 등장인물 네 명은 저마다의 빈곤 속에서 살아갑니다.

그들의 내일이 보이지 않는 삶은 한때 기간제 교사로
악전고투하던 제 모습이기도 합니다. 지금은 비정규직
노동자가 전체 고용의 40퍼센트에 육박한다고 하지요.

얼마나 힘들까요. 내년은커녕, 한 달 뒤의 생활조차
예측할 수 없는 현실 속에서 "매달 얼마를 줄 테니 아이를
낳읍시다"라고 해봤자 말이죠. 지원금 자체에 반대하는
것은 아닙니다. 다만 그보다 먼저 사람들이 안심하고
살아갈 수 있는 사회와 제도를 만들어야 하지 않을까요.
물론 이 문제에 분노를 느끼면서도 목소리를 내지 않는
우리 자신에게도 책임은 있습니다.

**등장인물들은 요시노의 집에서 함께 식탁에 둘러앉아,
우크라이나 전쟁에 대해 의견을 나눕니다. 이때 리에는
아베노 마스크°를 쓰고, 요시에는 아베노 마스크를 풀어서
재활용하기도 하죠. 전작보다 훨씬 선명하게 시사적 문제를
담고 있는데요. 이것도 "목소리를 내야 한다는 책임감"에서
비롯된 걸까요?**

이 문제에 관해서는 사실 망설임도 있었습니다. 하지만
어렵사리 작가가 되었고, 제가 쓴 글을 많은 분이 읽어

° 아베 신조 내각이 일본 전 가구에 일괄 배포한 천 마스크. 작고 비효율적
이어서 조롱의 대상이 되었다.

주시게 된 이상, 아무 말도 하지 않는다는 선택은 할 수 없었습니다. 역시 말을 해야 한다고 생각했습니다.

그중에서도 취직 빙하기에 고생한 리에가 "나는 정치에 무관심할 수 없다. 나의 아픔은 개인적인 것이지만, 돌고 돌아 정치적이다"라고 말하는 장면이 인상 깊습니다.

"개인적인 것은 정치적인 것이다." 이 말은 우에노 치즈코 씨의 책을 통해 알게 되었는데, 전적으로 공감합니다. 우리 한 사람 한 사람이 사회를 구성하는 일원인 만큼, 사회에 의견을 말할 책임과 의무가 있다고 느낍니다. 그런데 지금 우리는 '자기 책임'이라는 말에 너무 익숙해져 있죠. "내가 노력하지 않아서 그래." "운이 없었을 뿐이야" 하며 스스로 포기하도록 길들이고 있습니다. 저는 이렇게 말하고 싶었습니다. "그렇지 않아. 목소리를 내도 괜찮아."

그리고 솔직히 말하자면, 노파심도 있었습니다.

《나는 나대로 혼자서 간다》로 아쿠타가와상을 받은 뒤, 손주가 태어났습니다. 눈 깜짝할 사이에 0세에서 4세까지 넷이나 생겼죠. 주변에서 손주는 정말 귀엽다고들 하길래 그런가 보다 했는데, 이렇게까지 귀여울 줄은 몰랐습니다.

그 아이들은 특별한 일이 없다면 2100년을 맞이하게 되겠지요. 이전에는 한 번도 그런 미래를 상상해 본 적이 없었는데, 문득 생각하게 됐습니다. 2100년이 되었을 때 과연 어떤 사회가 되어 있을까. 이 아이들이 행복하게 살아갈 수 있을까. 그렇게 생각하니 더 이상 아무 말도 하지 않고 있을 수가 없었습니다.

> 이 작품도 《나는 나대로 혼자서 간다》와 마찬가지로, 각 인물의 자문자답이 다채로운 언어로 그려져 있습니다. 하지만 그와는 별개로, "같이 가 보자" "함께 넘어 보지 않겠는가" 하는, 하늘의 계시처럼 들리는 목소리가 있습니다.

그건 제 실제 경험에서 나온 이야기입니다. 《나는 나대로 혼자서 간다》를 쓰기 전의 일이었죠. 어느 날 "이제야 깨달았느냐" 하는 큰 목소리가 '쾅' 하고 들린 적이 있었답니다. 정말 더는 버틸 수 없을 만큼 벼랑 끝에 몰렸을 때였는데, 내면 깊숙이 숨어 있던 무언가가 나 자신을 흔들어 깨운 겁니다. 그런 일이 실제로 있더군요.

그 목소리를 들었을 때, 제 안에는 많은 사람들이

숨어 있고, 사실은 그들의 합의에 따라 '나'라는 존재가
움직이고 있다는 걸 느꼈습니다. 그건 정말 충격적인
경험이었습니다.

원래 인간은 마음속에서 신의 존재를 느끼고, 그와
대화를 나누며 살아왔을 거예요. 하지만 지금은 종교
단체를 둘러싼 여러 문제로 인해 종교가 어딘가 수상하고
사람을 현혹하는 것으로 여겨지고 있죠. 이런 불안한
시대에 마음 기댈 곳이 또 하나 사라져 버린 건 참으로
안타까운 일입니다.

내면의 목소리에 관해서는 언젠가 더 깊이 써 보고
싶습니다.

의지할 곳이 있기에 가능한 고독

《나는 나대로~》에서는 가족의 인연과 그 굴레에서 벗어나,
자신을 소중히 여기며 각자가 살아가는 모습을 그렸습니다만,
이번 작품에서는 '혈연이 아니어도 가족이 될 수 있다'라고
하는 새로운 관계의 형태를 보여주고 있습니다. 이 변화는
어디에서 온 것일까요.

지금까지는 시골 공동체라는 것이 가부장제 아래에서
개인의 자유를 억누르는 것이라고 배워 왔습니다.
그리고 그에 맞선 싸움의 역사가 곧 메이지 이후 일본
문학의 역사이기도 하다고요. 그런데 요즘 들어 문득,
어쩌면 그것만이 전부는 아니었을지도 모른다는 생각이
들었습니다.

　옛날에는 누구에게나 자신의 쉴 곳이 있었고, 그곳에서
마음 편히 지낼 수 있었습니다. 하지만 지금은 핵가족이
되었고, 다음 세대는 가정을 꾸리는 일조차 쉽지 않은
시대가 되었습니다. 그렇다면 이제는 안심하고 자신을
맡길 수 있는 새로운 형태의 공동체가 필요하지 않을까요.
그런 마음을 요시노 씨 가족의 단란한 모습 속에 담아, 제
나름대로 제안해 보고 싶었습니다.

　아쿠타가와상을 받은 뒤에는 재활 전문 병원에 약
50일 정도 입원해 있었습니다. 젊은 환자도 있었지만
대부분은 치매나 뇌경색을 앓는 노인분들이었죠. 식당에
모여 함께 식사를 하며 모두 그 시간을 즐거워했습니다.
약간 치매기가 있는 한 분이 매번 "나무아미타불~" 하고
외치면, 옆자리에 앉은 분이 바로 "딩 —!" 하고 종 치는
소리를 내기도 하고. (웃음)

언어장애가 있는 할머니가 퇴원하실 때 엉엉 우셔서
놀라기도 했습니다. 그때는 '겨우 퇴원하게 됐는데,
왜 우실까?' 하고 생각했지만, 얼마 지나지 않아
깨달았습니다. 집에 돌아가면 외롭기 때문이었던
겁니다. 나 역시 혼자서 뭐든 할 수 있는 줄 알았지만
물리치료사님, 작업치료사님을 비롯해 여러 사람의
보살핌을 받으며 크게 고마움을 느꼈습니다. 결국 사람과
사람의 유대야말로 무엇보다 소중하다는 것을 몸소
실감했습니다.

전작 《나는 나대로~》는 고독을 긍정적으로
바라봤지만, 사회에서 고립되어 어떻게 해 볼 도리조차
없는 사람들에게는 그 고독을 요구하는 것 자체로 너무
가혹하다고 느꼈습니다. 고독이란 안심하고 살아갈 수
있는 곳이 있어야 가능하지 않을까 싶습니다.

**이번 작품도 자연스럽게 소리 내어 읽고 싶어지는, 마치
이야기꾼이나 강연자가 말을 풀어가는 듯한 문체가
인상적이었습니다.**

저는 논리적으로 짜인 글보다 감정이 이끄는 대로

이야기가 흘러가고, 중간중간 부채로 장단을 치듯 추임새를 얹는 그런 문체를 좋아합니다. 언제나 "지금 당신에게 말하고 있습니다"라는 마음으로 쓰고 있어요.

나만의 목소리를 찾아서

《여자의 대노경大老境 ― 다지마 요코가 인생의 선배들과 생각하다》라는 긴 제목의 대담집이 있다. 재미가 없을 리 없다. 거기에 등장하는 인물들은 기타노 사키°, 요로 시즈에°°, 기타바야시 다니에이°°°, 고니시 아야°°°° 등 모두 메이지 시대 출신으로, '여자의 대노경'을 이야기하기에 걸맞은 면면들이다. 노경에 막 들어선 나로서는 "언니들, 오랜 세

° 아동복지가로 일본의 초기 아동복지에 헌신하며 전쟁 고아와 빈곤 아동 보호에 평생을 바쳤다.

°° 소아과 의사로 활동하며 초기 여성 전문직의 길을 개척했다.

°°° 일본의 전설적인 배우로 극단 민예의 창립 멤버이다.

°°°° 여성운동가이자 평화운동가로 일본 여성의 지위 향상을 위해 헌신했다.

월 수고 많으셨습니다" 하고 깊이 머리를 숙이며 책장을 펼치고 싶어진다.

기획자로서의 다지마 요코 또한 좋다. 다지마가 한창 텔레비전에 나오던 시절, 사실 나는 그에게 별다른 호감이 없었다. 아무런 책략도 없이 생각하는 걸 그대로 내뱉으면, 페미니즘이 단순히 여자의 히스테리로 받아들여져 남자들에게 재미 삼아 조롱거리가 되지 않을까 우려했기 때문이다. 그러나 이 책 속의 다지마는 메이지 여성들의 기개를 깊이 끌어내 보여 주었다. 다지마의 열정 어린 말투 덕분이었으리라.

여러 인생 선배의 이야기를 들으며 새삼 대단하다고 느낀 게 있다. 이를테면 "결혼은 결국 밥 짓는 일이잖아. 뭐가 좋다고 자진해서……" 하고 말한 사람이 있었다.

아아, 그것은 어떤 의미에서는 결혼의 본질을 꿰뚫은 뛰어난 통찰이었다. 그 시절의 나에게 꼭 들려주고 싶은 말이기도 했다. 나는 지극히 평범하게, 아무 의문도 품지 않은 채 결혼했다. 결혼하면 이렇게 하고 저렇게 해야지 하며 꿈을 꾸던 철없는 아가씨였다. 그런 내가 어떻게 해서 페미니즘에 눈을 뜨게 되었을까.

다음은 '대노경'과는 정반대, '보잘것없는 노경'에 이르기까지의 내 이야기다.

가족이 고요히 잠든 밤, 나는 혼자 내가 가진 패를 세어 보곤 했다. 다정한 남편, 건강한 아들과 딸. 위를 보자면 끝이 없겠지만, 그래도 제법 행복한 생활이었다. 그런데도 느껴지는 이 외로움, 한심함, 채워지지 않는 허전함은 무엇일까 하고 자신에게 물었다.

그 무렵의 나는 시립도서관까지 걸어서 5분 거리인 다세대 주택에 살아서, 작은 아이를 업고 날마다 도서관에 다녔다. 더듬더듬 찾아낸 페미니즘 책을 읽으며 '이 책의 옳음은 내 인생이 증명하고 있다'라는 생각에 눈물이 났다. 동시에, 모순처럼 들릴지 모르지만 나는 여자의 삶이 지닌 풍요로움에도 눈뜨게 되었다.

남자에게 지지 않겠다는 마음으로 공부했지만, 돌이켜 보면 그것은 책상 위의 학문일 뿐이었다. 반면 가정생활은 하나하나 구체적인 경험을 쌓는 일이었다. 그 속에 많은 연구와 섬세한 감정이 깃들어 있다는 걸 깨달았다. 머리로만 살던 내가 비로소 발 딛고 살아가는 법을 배운 셈이다.

그때, 내 눈에 들어온 말이 있었다. '헤이세이 언문일치체'°, '헤이세이 젠다체'°°.

바로 이거라고 생각했다. 지금까지 나는 아무 의심도 없이 남자의 발상으로 쓰인 말을 사용해 왔다. 그러다 보니 사고방식 자체도 남자에게 동화되어 있었던 게 아닐까. 하지만 이제 나는 예전의 나와는 다르고, 내 생각은 나의 문제로 이야기하고 싶었다.

언젠가 소설가가 되겠다고 마음먹었고, 소설이란 결국 문체라고 생각했다. 그래서 여자가 말하는 여자의 문체를 찾아야 한다는 데 목표를 두었다. 그 뒤로는 의식적으로 '매력적인 문체'만을 좇았다. 그 무렵 나는 다나카 미즈의 생기 넘치는 구어체를 동경했고, 마치 내게만 말을 걸어오는 듯한 사이토 미나코의 문체, 애틋하고도 매혹적인 이토 히로미의 문체, 그리고 옛 무사 같은 기품이 느껴지는 요시노 세이의 문체를 좋아했다. 그러나 무엇보다 이시무레 미치코, 숨 막힐 듯이

° 헤이세이 시대(1989년 1월~2019년 4월)에 일본의 현대 구어 감각을 살린 문체.

°° 헤이세이 시대의 성 감수성이 반영된 새로운 문체 경향.

풍성한 그녀의 문장에 마음을 빼앗겼다. 언젠가는 나도 집념 깊게 누구도 흉내 낼 수 없는 나만의 문체를 꼭 찾아내리라 생각했다. 이처럼 나에게 페미니즘은 곧 문체를 찾는 일이기도 했다.

그런 나도 올해 상반기에는 고령자의 반열에 들어섰다. 이제 와서 나를 페미니스트라 부른다면 조금은 쑥스럽다. 나는 오히려 개인주의자에 가깝다고 생각한다. 우여곡절 끝에 도달한 지금의 나는, '나는 나를 따르겠다'라는 조문 한 줄뿐인 나만의 헌법을 가지고 있다. 남의 지도를 받지 않고, 스스로 생각해서 스스로 일하도록 자신에게 과제를 낸다고 할까. 그래, 언제나 나. 언제나 내가 제일. 그렇게 조금씩 걸어가려고 한다.

작가로 데뷔하기 전, 나는 극히 평범한 주부였습니다. 특별히 유복하지는 않았지만 네 식구가 먹고살 만했고, 남편과 사이도 좋았으며 아이들도 사랑스러웠습니다. 충분히 행복했음에도 이유 모를 쓸쓸함은 따라다녔습니다. 도마만 두드리며 하루를 보내는 생활에 진저리가 나기도 했습니다. 그 외로움의 근원을 알고 싶어 책을 읽기 시작했고, 그 과정에서 지금의 나를 만든 열 권의 책을 만나게 되었습니다.

우에노 치즈코의 《가부장제와 자본제》를 처음 읽었을 때 감동과 동시에 가슴속에서 치밀어 오른 것은 '빌어먹을!' 하는 분노였습니다(웃음). 지금까지 당연한 줄로만 여겼던 것들이 사실은 그렇지 않다는 걸 깨달은 것입니다. 책 내용을 다 이해하진 못했지만 우에노 씨의 말이 옳다는 건 직감적으로 알 수 있었습니다. 그야말로 평범한 주부였던 내 처지가 고스란히 담겨 있었고, 그 책이 옳음을 내 인생이 증명해 주고 있다고도 생각했습니다.

사회란 무엇인가를 가르쳐준 사람이 우에노 치즈코 씨라면, 인간이란 무엇인가를 가르쳐준 책은 가와이 하야오 씨의 《이야기를 살다》입니다. 사람은 어느 정도 나이를 먹으면 자신에게 일어난 일을 되짚어 보며, 인생이란 무엇인지 생각하게 됩니다. 누구나 자기 인생을 납득한 뒤 죽음을 맞고 싶다는 욕망이 있기 때문이지요.

그걸 위해서는 이야기가 필요하다고, 가와이 씨는 말합니다. 이 책에는 여러 왕조의 이야기가 소개되어 있는데, 인간의 본성은 시대가 달라져도 변함없다는 점을 보여 줍니다. 모순된 심리와 성질을 한몸에 지니고도 서로를 보완하며 살아가는 존재가 바로 인간이라는 것도 알게 되었습니다. 그런 통찰은 나의 데뷔작 《나는 나대로 혼자서 간다》의 주인공 모모코의 내면을 지탱하는 뼈대가 되었습니다.

《한밤중의 그녀들》에는 외로웠던 나를 다독여 주는 문장이 가득해, 울면서 읽은 기억이 납니다. 이 책은 히구치 이치요와 요사노 아키코 등 '쓰는 여자'들의 인생을 그려 내는데, 그중에서도 유독 마음을 사로잡은 인물은 마사오카 시키의 여동생, 리쓰 씨였습니다. 그는 척추 결핵을 앓는 오빠를 헌신적으로 간병했고 진심으로 사랑했습니다. 하지만 한 여성이 자기 삶을 선택해서 사는 것이 얼마나 어려운지도 뼈저리게 느껴졌습니다.

그리고 이 책에는 한밤중은 영혼을 키우는 시간이라는 표현이 나옵니다. "한밤중이라는 무섭도록 풍요로운 시간"이라는 말에서 사회에 아무런 영향도 미치지 못하고 '한밤중' 속에 갇혀 있다고 느끼던 나는 큰 위로를 얻었죠.

어릴 때부터 말이란 것에 유난히 마음이 갔습니다. 좋아하는 말이 품은 따뜻함과 깊이는 지금도 잊을 수 없습니다. 《히라가나로 읽는 일본어의 불가사의》을 읽으며, 히라가나가 만들어지던 시절과 한자를 받아들이기 전에는 일본인이 세상을 어떻게 바라봤는지를 알게 되었습니다. 그들은 자신도, 풀도, 나무도, 보이지 않는 것조차도 모두 '모노(もの, 존재하는 것.

사물)'로 느꼈다고 합니다. 그리고 그것을 말로 드러내는 순간, '고토(こと, 말이나 일)'가 되었다지요. 어원 해설에서 시작해, 최종적으로 일본인은 어떤 사람인가에 도달하는 대단한 책이었습니다.

마치다 코우 씨는 무척 좋아하는 작가입니다. 그의 작품 《고백》은 무엇보다 주인공이 구사하는 가와치 사투리의 역동성에 압도되었습니다. 나는 도호쿠 출신이니, 도호쿠 말로 소설을 써 보자고 생각하게 된 데에는 이 책의 영향이 크답니다.

서두에서 자신을 팽이돌리기 달인이라 자부하던 주인공은 자신보다 더한 고수가 있음을 깨닫죠. 이는 누구나 겪을 법한 사소한 좌절이지만, 마치다 씨의 손을 거치자 그 장면은 놀라울 만큼 예리하게 그려집니다. 언젠가 나도 이런 소설을 쓸 수 있을까 하는 동경을 품게 되는 문장이었습니다.

건방진 소리입니다만, 소설을 쓸 때 의식한 작품이 한 편 더 있습니다. 《나라야마 부시코》입니다. 이 소설 속의 노모, 오린 씨에 견줄 만한 현대의 할머니를 내 안에서 만들어보고 싶었습니다. 오린 씨는 칠십이 넘으면 우바스테야마°로 죽으러 가야 하는 가혹한 운명을 정면으로 받아들이고, 그 운명을 자기 것으로 만들어 가는 담대한 여인입니다. 밝고, 멋진 사람이었습니다.

쉰다섯 살에 남편과 갑작스럽게 사별한 뒤, 아들의 권유로 소설 교실에 다니기 시작했습니다. 지금까지 몇 번이고 되풀이해 읽었던 책들이 어느덧 내 피와 살이 되어, 이제는 나만의 언어로 세상에 이야기해 보고 싶다는 마음이 간절해졌습니다. 데뷔까지 63년이 걸렸지만, 그 세월은 내게 꼭 필요한 기다림이었다고 생각합니다.

인생의 열 권

- 《가부장제와 자본제 ― 마르크스주의 페미니즘의 지평家父長制と資本制マルクス主義フェミニズムの地平》| 우에노 치즈코 저·이와나미 현대문고
- 《이야기를 살다 ― 지금은 옛날, 옛날은 지금物語を生きる今は昔、昔は今》| 가와이 하야오 저·이와나미 청서
- 《히라가나로 읽는 일본어의 불가사의ひらがなでよめばわかる日本語のふしぎ》| 나카니시 스스무 저·쇼가쿠칸 (후에 개정되어 신초문고판 수록)
- 《한밤중의 그녀들 ― 쓰는 여성의 근대真夜中の彼女たち書く女の近代》| 가나이 게이코 저·치쿠마쇼보
- 《렉처 ― 지적 향락의 유혹レクチュール知的興奮の誘い》| 아마기 토코

○ 姥捨山, 늙은 부모를 버리던 산.

174

저·미치타니

- 《나라야마 부시코楢山節考》 | 후카자와 시치로 저·신초문고
- 《고백告白》 | 마치다 코 저·주오문고
- 《동백바다의 기록椿の海の記》 | 이시무레 미치코 저·가와데 문고
- 《죽은 자의 서死者の書》 | 오리쿠치 노부오 저·이와나미 문고
- 《어머니의 죄母の罪》 | J. 아흐마드 저·이케베 하루히코 역·《신초》 2012년 10월호

자신이 그려 온 모습을 펼쳐 보지도 못한 채
가정 안에 머물며,
제힘을 다 발휘하지 못하고 끝나버린 아쉬움은
나만이 아니라 여성 모두가 느끼지 않을까요.

《나라야마 부시코》로 잘 알려진 후카자와 시치로
가 쓴 《서민열전庶民烈伝》이라는 단편집이 있습니
다. 줄 선다는 뜻의 '열(列)'이 아니라, '격렬하다'는
뜻의 '열(烈)' 자를 썼지요. 제목 그대로, 서민들의
치열하고도 생생한 삶이 고스란히 담겨 있습니다.

그중에서도 나는 〈오쿠마의 거짓 노래〉와 〈아
키의 야구모 노래〉°를 특히 좋아합니다. 〈오쿠마
의 거짓 노래〉의 주인공 오쿠마는 자기희생이 몸
에 밴 할머니입니다. 시집 간 딸을 편하게 해 주고

○　아키는 히로시마현 동부 지방의 옛지명으로 그곳에서 불리
던 민요.

싶어 딸네 집에 가서는 손자를 업어 줍니다. 어깨가 몹시 아파도 딸이 눈치채지 않도록 애써 감추며 계속 업고 있지요. 오쿠마는 언제나 자신의 마음을 뒤로 미루고 남을 위해 헌신합니다. 죽음을 앞둔 순간에도 "건강하게 오래 살면 폐만 끼친다"며, 영양가 없는 도코로텐° 같은 것만 먹습니다.

어떤 이들은 그녀를 헌신적이고 훌륭한 여성이라고 평가할지도 모릅니다. 그러나 우리 사회는 지금까지 오쿠마 같은 여성들의 존재 위에 가부좌를 틀고 앉아 모른 척한 것은 아닐까요. 그런 희생 위에서 세상이 굴러왔다고 생각하면 마음이 무거워집니다.

그래서 나는 오쿠마 같은 여성을 마냥 칭송해서는 안 되지 않을까 생각합니다.

한편, 〈아키의 야구모 노래〉의 주인공 오타미는 오쿠마와 정반대에 서 있는 인물입니다. 그는 히로시마 원폭으로 자식과 손주를 모두 잃고, 자신마저 원폭의 섬광에 시력을 잃습니다. 모든 것을 빼앗긴 오타미는 안마사로 살아갑니다. 이웃과

° 우뭇가사리를 굳혀 만든 젤리 같은 음식.

의 경조사 교류도 끊고, 반원폭 시위에 가자고 해도 가지 않습니다. 주위에서 동조하라는 압력에도 굴하지 않는 사람이죠.

"다만 한 가지, 오타미가 굳게 붙든 생각이 있었다. 저 일곱 빛깔 구름이 나타난 순간부터, 오로지 혼자 살아갈 수밖에 없다는 사실이다."

이 구절에 놀랐고, 또 깊이 공감했습니다. 나 역시 남편과 사별하고 절망에 빠졌지만 '이보다 더 큰 슬픔은 없을 테니까' 하고 마음을 다잡자, 세상이 달라 보였습니다. 남편을 잃지 않았다면 아마 소설 《나는 나대로 혼자서 간다》는 쓰지 못했을 겁니다. 그 책에서 나는 이렇게 썼죠.

"나는 인생의 큰 파도를 정면으로 맞아 본 사람이다. 두세 번쯤 밀려오는 파도 따위 조금도 두렵지 않다."

그 마음은 오타미의 심정과도 통합니다. 오타미는 절망 속에서 자기 안의 강인함을 발견했습니다. 의지할 건 자신뿐이라는 사실을 깨달았지요. 그래서 아무것도 두렵지 않은 것입니다. 정말로 강합니다.

헌신적인 오쿠마를 '거짓 노래'라 지적하고, 오타미의 강인함을 그려 낸 후카자와 시치로, 얼마나 멋진 작가인지.

후카자와 시치로의 《후에후키강嘩吹川》도 좋아하는 작품입니다. 다케다 신겐° 어느 농가의 6대에 걸친 가계를 그린 소설인데, 그 고장에서는 누군가가 죽으면 아기나 말로 다시 태어난다고 믿었습니다. 흥미로운 사생관입니다. 작가는 이 이야기에서도 역사 속 영웅인 신겐이 아니라, 누구도 눈여겨 보지 않았을 사람들의 삶에 초점을 맞추었습니다.

인정하고 싶지는 않지만 나도 이제 '할머니'. 젊음이라는 자원도 서서히 바닥나고, 인생에서 맡았던 역할들도 하나둘 끝나갑니다. 이제는 다 우려내고 찌꺼기만 남은 걸까요. 그래서 오히려 마음이 가볍습니다. 체면 따위 굳이 신경 쓰지 않고, 이제는 하고 싶은 대로 내 마음이 이끄는 대로 살아도 괜찮을 것 같습니다. 오쿠마가 아니라, 오타미처럼 사는 것입니다.

마음먹기에 따라 삶은 언제든 새롭게 빛을 수 있습니다.

소설의 명암

〈기타노 분가쿠北の文学〉는 젊은 시절 나의 목표였다. 언젠가 내가 쓴 소설을 그 문예지에 싣는 것이 나의 은밀한 꿈이었다. 그 무렵, 도노에 사는 오이카와 게이코 씨의 단편이 거의 매호 실리다시피 했다. 아마 지금의 나 정도 연령대였을 것이다. 한 번 도노역에서 마주친 적이 있었는데, 말을 걸고 싶었지만 끝내 용기가 나지 않아 그냥 지나쳐 버렸다. 가까이에 그런 사람이 있다는 사실만으로도 '언젠가는 나도' 하는 꿈이 커졌다.

하지만 원고지 앞에 앉으면 무엇을 써야 할지 감조차 잡히지 않았다. 두세 줄 쓰고 지우기를 반복하고, 구겨진 원고지가 쌓일수록 내가 무엇을 쓰고 싶은지조차 알 수 없어졌다.

그때 막연히 구상했던 건, '주인공에게 어떤 고민을 품게 할까' 하는 정도였다. 고민하는 사람의 섬세한 몸짓이나 태도를 떠올리려 했지만, 그마저도 이내 막혀 버렸다. 그 시절의 나는 그저 눈앞에서 일어난 사건의 표면만 좇았고, 거기에 주인공의 마음을 얹으면 그것이 곧 소설이라고 믿었다.

인간에 대한 통찰이니, 세상을 바라보는 시선이니, 더 거창하게 말하자면 인류관이나 세계관 같은 것을 정립해야 한다는 것을 그때의 내가 알 턱이 없었다. 그저 원고지를 앞에 두고 텅 빈 자기 자신을 마주할 뿐이었다. 그렇다고 해서 포기한다는 선택지는 한순간도 떠오르지 않았다. 무엇을 근거로 소설을 쓰겠다고 마음먹었는지, 그때도 지금도 알 수 없지만 소설은 어느새 피부처럼 떼어 낼 수 없는 것이 되어 있었다.

그러다 이와테를 떠나면서 자연스레 〈기타노 분가쿠〉의 꿈과 멀어졌지만, 나는 여전히 소설을 써야 한다는 생각에서 벗어나지 못했다. 하지만 쓰지 못했다. 나는 그 이유를 오로지나 자신의 게으름 탓으로 돌렸다. 한심한 인간이라고 자책했고, 그 인식이 그대로 나를 규정하는 말이 되어 버렸다. '소설이 없었더라면 얼마나 편했을까.' 소설이 나를 괴롭힌다고 여겨 미워한 적도 있었다.

그럼에도 어느 아침이면, 뜻밖의 일로 괴로울 때 '괜찮다, 내게는 소설이 있으니까' 하고 스스로 다독였다. 소설은 그렇게 나를 지탱해 주는 버팀목이 되어 주기도 했다. 자기 비하에서 우월감에 이르기까지, 그때그때의 감정 속에 언제나 소설이 함께 있었다. 집요하다 싶을 만큼.

세월이 흘렀다.

나는 대부분의 시간을 전업주부로 살았기에 좁은 세계에 머물러 있었지만, 그래도 아이를 낳고 키우고 남편과 사별하는 등 여러 일을 겪었다. 그 무렵 나는 언제나 중얼중얼, 소리가 되지 않는 목소리를 내고 있었던 것 같다. 애써 문장으로 표현하자면, '아, 그랬구나' 정도. 산다는 것이 어떤 것인지 그제야 겨우 알게 된 듯했다. 그때까지 점처럼 흩어져 있던 사건들이 의미를 지닌 하나의 선으로 다가왔다. '그랬구나, 그랬구나, 이것을 알기 위해 살아왔구나' 하고 하나하나 이해했다.

써야 한다. 마침내 써야 할 것이 생겼다. 내게는 젊고 번뜩이는 재능 따위 없었다. 그저 경험을 통해 알게 된 것을 내 문체로 쓰는 것, 그것이 바로 내 소설이라는 걸 알게 되었다. 게을러서 쓰지 못한 게 아니었다. 쓸 수 없었다. 시간이 필요했다. 경험이라는 시간이 필요했다. 스스로 용서한다.

겨우, 나 자신과 화해했다.

동시에 그저 소설이라는 존재를 향한 감사한 마음이 끓어올랐다. 소설은 나에게 무거운 짐이었다. 그것이 내 안에 딱 자리 잡아서 마냥 행복할 수는 없었다. 늘 어디론가 떠밀리듯, 내몰리듯, 그렇게 살아왔다. 참 고약한 녀석이라고 생각하면서도, 사실 소설이 있었기에 나는 흐트러지지 않고 버텨낼 수 있었다. 어떻게 소설을 쓸 것인가라는 물음이야말로 나를 키워 주었다.

돌이켜 보면 소설과의 긴 동행이었다. 그 인연은 아마 앞으로도 한동안 이어질 것이다. 소설에 관한 내 생각은 많은 시간을 거치며 변해 왔는데, 앞으로는 또 어떻게 달라질까. 지금의 나는 그것이 무엇보다 기대된다.

나의 전투법

뭐라고 할까. 뭘 써야 할까, 어떻게 써야 할까.

이 에세이를 의뢰받았을 때는 '삶에서 소소한 행복을 느끼고 작은 발견을 하며 혼자 살고 있는 나는 곧 봄이 오면 일흔이 됩니다요' 하는 신변잡기를 써 볼까 생각했다.

하지만 그런 한가로운 소리를 할 수 없는 사태가 발생했다.

새해 첫날, 즐거운 설날에 진도 7의 지진이 노토반도를 덮쳤다.

이 일을 언급하지 않고는 에세이를 한 줄도 쓸 수 없다고 생각했지만, 그렇다고 무엇을 어떻게 써야 좋을지 몰라 난감했다.

그래서 나의 혼란스러운 마음 그대로 솔직하게 느낀 것을 이야기해 보기로 했다. 다소 지리멸렬할지도 모르고 어쩌면 실례가 되는 표현일지도 모르지만, 너그러이 양해해 주시길 바란다.

나는 예순 중반까지 지극히 평범하게 살아왔다. 그러다 내가 쓴 소설이 조금 주목을 받으면서 일상이 잠시 달라지기도 했다. 하지만 그것도 잠시, 지금의 내 삶은 다시 예전의 고요한 나날로 돌아왔다. 젊은 시절에 그런 주목을 받았더라면 아마 내가 특별한 사람이라고 착각했을지도 모르지만, 어차피 나는 할머니. 오랜 세월 몸에 밴 자기 인식은 그렇게 쉽게 지워지지 않는다. 무슨 말을 하고 싶은 건가 하면, 평범한 서민의 감각으로 오늘날까지 왔다는 것. 그것을 다행으로 여기고 있고, 그것이 내 강점이라고 생각한다.

그런 내가 예사로 보아도 요즘 세상은 어둡다. 전쟁 중에는 어땠는지 모르겠지만, 이렇게 앞날이 보이지 않았던 적은 내 평생 한 번도 없었다. 어디를 가도 나와 내 위 세대 노인들뿐이다. 아이들의 수가 극단적으로 적다. 왜 이렇게 되어 버렸을까. 이유야 여러 가지 있겠지만, 결국은 사람을 버렸기 때문이다. 고용하는 쪽은 더 많은 이익을 원한다. 그러기 위해 인건비를 깎는다. 정규직은 돈이 많이 드니 아르바이트면 충분하다고, 시간제면 족하다고. 그렇게 지금의 세상이 된 것이다. 정치는 그것을 묵인했다. 아니, 오히려 적극적으로 후원했다. 그 결과, 지금 40퍼센트가 비정규직인 세상이 되었다. 젊은 사람들이 비정규직이라는 불안정한 처지에 있는데 누가 안심하고 결혼해서 아이를 낳겠다고 할까.

농촌에는 점점 일손이 줄고, 후계자도 없다. 사람들은 이제 농가를 그저 쌀과 채소를 재배하는 곳쯤으로 여긴다. 그러다 경쟁력이 어떻다느니, 수입하면 되지 않느냐니 쉽게 말한다. 하지만 농사는 그게 전부가 아니다. 버려진 휴경지를 보면 금세 알 수 있다. 거창하게 말하자면, 그들은 이 땅을 지켜온 사람들이다. 오랜 세월 흙과 더불어 살아오며 그 흙이 빚어낸 문화를 이어 온 사람들이었다. 조금만 더 제대로 신경 써 주었더라면 농촌이 이렇게까지 생기를 잃지도 않았을 것이고, 식량 자급률이 이토록 떨어지는 일도 없었을 것이다.

활기를 잃어 가는 상점가를 보면 마음이 아프다. 교외의 번

쩍거리는 대형 할인점만 사람들로 북적인다. 버는 사람은 더 많이 벌고, 가난한 사람은 더 가난해진다.

지금은 돈을 버는 일이 무조건 우선이다. 타인의 고통에는 눈길조차 주지 않는다. 그런 세상이 되어 버렸다. 평범하게 일해서는 살아가기조차 어려워졌다. 무엇보다 '일하다'라는 말의 의미가 점점 작아지고 있다. 땀 흘려 몸을 움직인다는 의미의 '일'은 이제 지나간 이야기다. 지금은 돈을 굴리고 또 굴려서, 돈이 돈을 낳는다. 그쪽이 훨씬 효율적이다. 그래도 괜찮은 걸까. 돈이 돈을 버는 것이, 정말 정의일까.

다들 어렴풋이 뭔가 잘못됐다는 걸 느끼고 있다. 괴롭다고 생각한다. 하지만 소리를 내지 않는다. 태연한 얼굴로 거리를 활보한다. 안타깝고 한심하게 느끼는 건 바로 그 지점이다.

내가 젊었을 땐 시위도 종종 있었는데 지금은 그런 것도 하지 않는다. 왜 화내지 않을까. 왜 이렇게 조용한가. 어쩔 수 없다고 생각하는 건가. 애초에 포기한 건가. 자기 일인데 언제까지 방관자일 셈인가. 아아, 하지만 그렇게 말하는 나조차도 아무 행동하지 않고 있다. 눈앞의 작은 행복만 좇을 뿐, '이 정도면 됐잖아' '괜히 나서봤자 소용없어' '잘난 척하지 마' 하고, 내 안의 또 다른 내가 늘 제동을 건다. 한심하다고 느끼는 건, 결국 나 자신이다. 어쩌면 이 에세이를 통해 이런 마음을 쏟아 냄으로써 그나마 내 무력함에 대한 변명을 하고 싶은 것일지도 모른다.

그럴 때 노토반도에서 지진이 일어났다.

일본 사람이라면 지진이 일어났을 때 진도 3인지 4인지 체감으로 바로 안다. 그만큼 지진은 가까운 곳에서 자주 일어난다. 하지만 진도 7이라니, 상상을 초월하는 크기다.

지진은 생각할수록 가혹하다.

소중한 사람을 잃고, 집은 무너져 떠내려가고, 마을 전체가 불타 사라지며, 일자리까지 잃는다. 비닐하우스 안에서 추위에 떨며 밤을 새우는 사람들의 모습을 텔레비전에서 보았다. 도저히 남 일처럼 느껴지지 않았다. 건넬 말조차 찾을 수 없었다. 나는 슬픔이 사람을 강하게 만든다고 굳게 믿어 왔지만, 여든이나 아흔이 되어 이런 일을 겪는다면 과연 마음을 추스를 수 있을까. 아마 나는 집 정리조차 제대로 하지 못할 것이다. 정말로, 너무나 괴롭고, 참으로 참담한 일이다.

도대체 어디에 분노를 쏟을 수 있을까. 상대는 단 한 번의 흔들림으로 땅을 4미터나 밀어 올리고, 해안선을 200미터나 뒤로 물려 버리는, 그 흉포한 힘을 가진 자연이다. 도저히 맞설 수 없다. 우리는 그저 참고 견디며 하루하루를 살아간다. 그러는 동안 잔잔해진 자연이 어느새 다정하게 우리를 어루만진다는 것도 안다. 우리는 그런 일을 되풀이하고 또 되풀이하며, 그 속에서 다시 일어나 살아가는 사람들이었다. 분노보다 슬픔에 먼저 마음이 흔들리는 그런 인간이었다.

우리는 자연의 두려움과 너그러움을 뼛속까지 알고 있다. 자연에 대한 공포와 동경, 그리고 그 속에서 살아가는 우리 자신에 대한 자각도 있다. 그렇기에 감사하는 마음으로, 착하고 겸손하게 분수를 지키며 살아간다. 목소리를 높여 자신을 내세우지도 않는다. 다투는 일 따위는 있을 수 없다. 약해서도, 비굴해서도 아니다.

그곳에는 거룩한 것이 있어서 마음이 저절로 그렇게 된다. 그렇게 느끼게 하는 무언가가 주위를 감싸고 있는 듯하다. 그래서 우리는 자연의 무심한 풍경이나 사물 하나하나를 신으로 여기고, 부처로 여기며 마음을 의지한다. 심지어 길가에서 주운 돌멩이 하나를 품에 안고, 옷자락 너머로 그 감촉을 느끼며, 때로는 그 돌멩이에까지 말을 걸어 자신의 마음을 더듬어 보려고 한다. 거기에는 그에 부끄럽지 않게 성실하게 살고 싶다는, 그에 걸맞은 사람이 되고 싶다는 마음이 있다.

가만히 들여다 보면, 그런 생각이 우리 마음 깊은 곳에 잠들어 있는 게 아닐까. 나는 이런 사고방식을 싫어하지 않는다. 아니, 좋고 싫음을 떠나서 그것이 내 마음의 바탕에 박혀 있는 부모와 조부모, 그리고 그보다 훨씬 앞선 사람들로부터 이어져 내려 온 마음의 본디 모습이라는 걸 알고 있다. 나이를 먹을수록 그런 생각을 하게 되는 일이 점점 많아졌다.

나 같은 사람이 감히 이런 말을 해도 된다면, 이 마음의 본디 모습은 나만의 것이 아니라 많은 일본인이 지닌 마음의 모습이라고 말하고 싶다. 그것은 소중히 간직하고 오래도록 이어 가야 할 마음이다.

하지만 이렇게도 생각한다.

그 소중한 마음의 본디 모습을 제 이익만을 좇는 교활한 사람들에게 이용당하고 싶지 않다. 언제까지고 묵묵히 얌전한

양으로만 여겨지는 것도 곤란하다. 나는 분노도 소중하고 귀한 감정이라고 생각한다. 슬픔과 마찬가지로, 분노는 사람을 일으켜 세우고 앞으로 나아가게 한다. 설령 자연 앞에 무릎을 꿇는 일이 있더라도, 사람이 사람에게 가하는 그 가혹함은 도저히 용서할 수 없다. 이제 그만 목소리를 내라, 나여. 싸워라, 나여. 변하는 것도 중요하지 않은가.

'안온함에 안주하지 마라. 쓰라린 세상 속에 몸을 던져, 살아 있음을 또렷이 느껴 보자.' 때때로 그런 생각을 할 때가 있다.

나 같은 사람, 평범하기 이를 데 없는 인생을 살아오며 남들처럼 겪을 것 다 겪은 뒤에야 비로소 "소설가입니다"라고 말할 수 있게 된 사람도 그 나름의 의미가 있을지도 모른다. 이제는 정말로 어디서 목소리를 내야 하는지 알지 않는가. 내게는 나대로의 싸움 방식이 있다. 백발이 성성한 머리를 그러쥐며 글을 쓰는 것, 그것이 나의 전투법이다.

그렇게 생각하며 나는 일흔의 봄을 맞이하려 하고 있다.

단순하고도
소중한 기쁨

* 리베라투르상Liberaturpreis | 전년도에 독일에서 출판된 아시아·아프리카·라틴아메리카·아랍 세계의 여성 작가가 쓴 작품을 대상으로 하는 문학상이다. 1987년에 제정되었으며, 수상작의 상당수는 이후 영국의 부커상이나 오렌지상, 혹은 스웨덴의 스톡홀름 문학상 등 세계 각지의 문학상에서도 수상하거나 최종 후보작에 오르는 등 국제적으로 높이 평가 받는다.

안녕하세요. 와카타케 치사코라고 합니다.

제 소설 《나는 나대로 혼자서 간다》의 독일어판이 독일의 권위 있는 문학상인 리베라투르상을 받게 되어 무척 기쁩니다. 이 상은 저 혼자만의 힘으로 받은 것이 아니라, 정성껏 번역해 주신 유르겐 슈타르흐 씨 덕분입니다. 이 자리를 빌려 진심으로 깊은 감사의 인사를 드립니다.

어느 순간부터 제 안에 여러 사람이 함께 존재하고 있다는 생각을 하게 됐습니다.

《나는 나대로 혼자서 간다》의 주인공 모모코도 자기 안에 있는 낯선 타인을 자각한 사람입니다. 그녀는 그들과 함께 생각하고, 끊임없이 질문을 던집니다. 살아오며 쌓은 경험과 지혜를 모아 모모코는 자신만의 방식으로 진실에 다가가려 합니다. 그 자문자답 속에서, 자신과의 대화 속에서 모모코는 무한한 기쁨이 있다는 사실을 깨닫습니다.

아마 저는 그런 기쁨을 글로 표현해 보고 싶었던 것 같습니다.

요즘 세상은 돈을 버는, 더 많이 버는 기쁨에만 마음이 쏠려 있다 보니 오히려 그것으로 인해 고통을 받는 것 같습니다.

모모코의 기쁨은 단순합니다. 단순하지만 그래서 더 소중합니다.

생각하기를 포기하고, 상식에 지배 당하고, 물질에 끌려다니는 것만큼 슬픈 일은 없습니다.

그런 마음으로 모모코를 그렸습니다. 글을 쓰며 생각이 형태를 이루는 과정, 그 자체가 정말 즐거웠습니다.

완성되면 누군가에게 꼭 전하고 싶었습니다.

그런데 일본을 넘어 바다 건너 독자들까지 읽어 주시고,

상까지 받게 되다니 믿기지 않을 만큼 기쁩니다. 다시
한번 깊이 감사드립니다. 고맙습니다.

2023년 10월 길일